心思回想

笹川俊之
Toshiyuki Sasagawa

Parade Books

人類は生命体が機能を亡くした場合、肉体と心思《しんし》に分かれ、肉体は機能不全となり荼毘に付され、骨となりいずれは土に返る。

一方、心思は、考えや思いであり、形がないものである。しかし、あの世に入る時は、心思は、半透明の幽体となり、生存時の人格がわかる存在となる。この心思（幽体）があの世の入り口に入り、あの世の番人が、人生を全うして悔いのない人生を送った人の心思をあの世行きの列車に乗せ、あの世に向かわせる。悔いの残ったままの幽体は、あの世行きの列車に乗れず邪鬼の世界を漂うことになる。

目次

プロローグ　7
第1話　片思い　13
第2話　粉飾決算　27
第3話　いじめの対価　39
第4話　愛と死の天秤　53
第5話　はかない若き日の恋　63
第6話　夢の宇宙飛行士　79
第7話　政治家の栄枯盛衰　91

第8話　ベンチャーの行く末　103
第9話　特許の恩返し　115
第10話　プロゴルファーをめざして　127
第11話　大学教授への茨の道　139
第12話　精神科医の星　149
第13話　中学教師　161
第14話　消防隊員　171
第15話　冤罪　183
エピローグ　心思親王からのご褒美　195

プロローグ

心思大井大介番人と心思菅原愛子番人は、悔いのある人の心思から話を聞き、どうして悔いが残ったかをその当時にさかのぼって悔いの実態を確認させ、反省したら、あの世行きの列車に乗せ、あの世に向かわせる役を担っています。

心思大井大介番人は、この世では高校、大学とラクビー部に所属し、大学卒業後もラクビーが盛んな会社に就職して、仕事をしながらラクビーを行っていました。試合にも参加し活躍していましたが、遠征試合に行く途中で交通事故に遭い亡くなり、心思大井大介となって、あの世の入り口に来たのです。大井大介は仕事もラクビーも熱心に取組み、会社の上司やラクビー部の部長からも今後を期待されていました。そのため、心思大井大介はこの世に未練がありました。しかし、交通事故は思いもよらないことで、事故が起こらない前に戻ることはできないため、諦めることに。そしてあの世行きの列車に乗ろうとした時、あの世の王様である心思親王《しんししんのう》から声がかかり、あの世の入り口の番人に指名されたのです。

心思菅原愛子番人は、学力が高い高校、大学を卒業し、司法試験にも合格して五〇人規模の法律事務所に入り、男性弁護士と張り合ってきました。性格は子供の頃から正義感が強く、白黒の決着を付けないと気が済まないタイプでした。二三歳の時、乳がんが発症し、その後、五年間は、正義を貫くため男性弁護士と戦ってきましたが、五年目に乳がんの症状が悪化し、亡くなり、あの世の入り口に来ました。この世に未練はありましたが、入院生活で自分を制してきたので素直にあの世行きの列車に乗ろうとしました。その時、心思親王からあの世の番人になるように声がかかり、あなたの正義感で、あの世の入り口に来た心思をあの世行きの列車に乗せるか判断してください、との指示を受け、あの世の入り口の番人となりました。

列車に乗ってあの世に着いた心思の皆さんは、一年かけて、名前も思い出も消し去っていきます。そして一年たったところで、次にどんな生命になるのか決まりますが、また同じ人間に生まれたいと思ってもそうはいかず、たまたま同じ家庭の子に生まれ変わっても、それは、親も家庭もまったく別もので、生を受けてからの努力によって自分の人生を切り開いていくことになります。

あの世の入り口の番人である心思大井大介番人と心思菅原愛子番人は、あの世の王様である心思親王から指示を受け、あの世の入り口に来た心思（幽体）を、すぐにあの世に行く列車に乗せるか、悔いのある人には、その悔いが残った当時の現場にさかのぼって連れていき、その悔いはどうすれば良かったかを確認させ、反省させ、この世に未練が無くなったら、あの世に行く列車に乗せる仕事をしています。

この物語は、その心思大井大介番人と心思菅原愛子番人の活動日記です。

ある時、九八歳の心思岩田正一があの世の入り口に着きました。

大井番人　岩田さんお疲れ様でした。

とねぎらいの言葉をかけました。

心思岩田　ありがとうね、私の若いころは、戦争もあり、食べるものがなくひもじい思いもしたけれど、その後真面目にこつこつとやってきたら、自然と家族も増え、皆が助け合って生きていく事ができ、つい先日もおじいちゃん、長生きできてよかったね、まだまだ長生きしてねといわれたところで、たいへんいい人生だったよ。

愛子番人　ご家族の方も長寿を喜んでいたのですね。良かったですね。

大井番人　じゃあ、人生に悔いはありませんね。

心思岩田　そりゃ、少しの悔いはあるが、そんなことをいつまで悔やんでいても自分の人生にケチをつけるだけだ。私には悔いはありません。

心思岩田正一は、このように悔いはないときっぱり言って、あの世の列車に乗っていきました。

大井番人は、いろいろな人生があるなあ、と感じていました。でも、なぜこの番人に自分が命じられたのか不思議でなりませんでした。そこである日、あの世の王様である心思親王になぜ私が番人をしているのか聞いてみました。

大井番人　心思親王、どうして私はあの世の番人に選ばれたのでしょう。

心思親王　あの世に来た心思の中で、いろいろなことを知っていて、公平な判断ができる人をこの番人にしています。あなたは、ラクビーやサラリーマン生活の中で、いつもルールを守り中立を保ってきていたのであなたを番人に選任したのです。これからここにくる心思の中で、大井番人よりいろいろなことを知っていて公平な判断をできる心思が現れた場合には、大井番人もあの世行きの列車に乗ってもらうことになります。

愛子番人　私はどうして番人に選任されたのでしょう。

心思親王　あなたは、持ち前のその正義感を生かすために番人に選任しました。

大井番人と愛子番人は、互いにそうなのかと思い、新たな心思に向かう心構えを正したのでした。

第１話

片思い

心思坂田良太：初恋をした人

愛子番人　あっ、新たな心思が来ますよ。男性ですね。
　あの世の入り口に来た心思坂田良太二八歳は、来た時からうなだれていて、生前に大きな悔いを残してあの世に来てしまいました。
　あの世の入り口の番人である心思大井大介は、心思坂田に悔いのあるなしを念のため確認し、大きな悔いがあることがわかり、すぐには、あの世行きの列車には乗せませんでした。そしてその理由を心思坂田に聞くと、心思坂田から次の返事がきました。
心思坂田　生前、両思いと思っていた女性が、実は、自分を嫌っていたことがわかったが、その女性は、明らかに、自分に気があるそぶりを見せてからかっていました。自分は、恋の経験もあまりなかったので、すぐにうぬぼれてしまいました。でも、どうしてもあきらめることができずに、つき合ってもらうように催促しましたが、その気がないと断られ、逆上して首を絞めて殺してしまいました。このままでは、まずいと思い自分も自殺しました。
愛子番人　自殺したのですね、だから肩を落として来たのですね。
大井番人　この心思（幽体）のままで、当時の現場を見てみましょう。最初に出会ったのはいつ頃ですか。
心思坂田　一月一五日日曜日に、渋谷の合コンのパーティー会場で出会いました。

大井番人　では、その出会いの場に行きましょう。あなたは三人の友人と一緒にパーティーに参加していましたね。あまりこのような経験がないようですね。
心思坂田　はい、初めてだったのです。
愛子番人　坂田さんはおどおどしていますね。相手の方のお名前は。
心思坂田　お相手の人は佐山祥子さん二七歳です。
愛子番人　佐山祥子さんはこの方ですね。きれいな方ですね。
大井番人　確かに、佐山祥子さんは、坂田さんをちらちら見ていますね。この日のマッチングはどうだったのですか？　当然、坂田さんは佐山さんの名前をカードに記入したでしょうね。
心思坂田　いえ、この時は、佐山さんのような美人が僕の名前を書いてくれるとは思わなかったので、違う女性の名前を書きました。
愛子番人　ええぇ、なんで、佐山さんの名前を書かなかったのですか。
心思坂田　すいません。
　と言い、頭をかきました。
大井番人　このパーティーでマッチングした人はいたのですか。
心思坂田　二組いました。でも佐山さんはマッチングしませんでした。

愛子番人　この時、佐山さんはきっとあなたの名前を書いたと思いますよ。見てみましょう。あっ、やっぱり、あなたの名前を書いていますよ。佐山さんは、あなたが、書いてくれるものと思っていたのに書いてくれなかった。このことがショックだったのではないでしょうか？

大井番人　では、その夜の佐山さんのお宅を見てみましょう。ここは、二〇時の佐山さんの部屋です。佐山さんは誰かとスマホで電話をしていますね。少し聞いてみましょう。

「わたし今日はがっかりだったわ、感じの良さそうな人がいて、絶対私の名前を書いてくれると思ったのに、相手は、違う人の名前を書いたのよ」……「聞いてよ、順番が回ってきて、その人と話をしたのよ。その人はあまり女性との話の経験がないのか、少しあがっていたように感じたのよ」……「ただ、誠実そうで、趣味の音楽も合いそうだったのよ」……「スポーツもゴルフもやっていると言っていたので、私もゴルフ始めたとこなの」……「残念だったわ、でも、もう諦めたわ」

愛子番人　佐山さんは、最初はほんとうに乗り気だったのですね。

心思坂田　そうですね。なんで佐山さんを書かなかったのだろう。

愛子番人　坂田さんは、この夜はどんな思いでいたのかな。この夜の坂田さんの部屋も見て

　みましょう。

　ここは、二〇時の坂田さんの部屋です。

大井番人　掃除もあまりしてなく、きたないですね。

心思坂田　そこは見ないでください。

大井番人　坂田さんも誰かとスマホで電話していますね。少し聞いてみましょう。

「裕ちゃん、俺、合コンに行くって前に言っていただろう。それが今日だったんだ」……「それでな、良い子がいたんだよ。相手もその気があるのか俺をじろじろ見ていてさあ」……「良い子だったんだけど、俺初めてだったんで、あんな良い子が俺の名前を書いてくれるなんて思わなかったから、違う子の名前を書いちゃったんだよ」……「マッチングはしなかったけど、相手もマッチングしなかったから、その点では良かったと思っているよ」……「話は少ししたよ、千葉県松戸市に自宅があり、大手町の会社で働いているといっていた」……「今度会ったら声掛けようと思っている」……「何か進展があったら連絡するよ、じゃあ、さようなら」

大井番人　あぁあ、もうここでボタンの掛け違いが始まっていますね。

心思坂田　そうだったのですね。悪いことをしたな。

愛子番人　次の出会いはいつだったの。

心思坂田　一週間後、大手町の街中で偶然出会ったのです。
大井番人　それって、ほんとうに偶然なの？　毎日、待ち伏せしていたのではないの。
心思坂田　あれぇ、バレましたぁ。
大井番人　それでは、どのように声かけたのか見てみましょう。
　　　　　ここは、一八時の大手町の街中です。
愛子番人　佐山さんは、自宅が松戸だから、この大手町では、千代田線に乗ると見越してここで待ち伏せしたのですね。
心思坂田　そのとおりです。
大井番人　あっ、あそこに佐山さんが来ました。坂田さんは、佐山さんに近寄りました。
「こんにちは、佐山さん」
「あら、坂田さんこんにちは、先日はお疲れ様でした」
「いやぁ、こちらこそ、佐山さんはこれからどちらへ？」
「今日は、地元の友達と会うことになっているのでこれから松戸に帰るところです」
「そうですか、でも一〇分でもいいのでお話できませんか」
「えええ、今日は待ち合せの時間がなくて、すみません」と言って、佐山さんは駅に向かいました。

大井番人　この時は、まだ、そんなに嫌われていませんね。次に会ったのはいつどこですか。
心思坂田　二日後の松戸駅です。
愛子番人　あれぇ、あなたの自宅は新宿ですよね、また、待ち伏せしたのですか。
心思坂田　そうなのですよ。今思うと、もうこの頃から会いたくて会いたくて、仕事も手に付かないようになっていたのです。
大井番人　ここは、一八時三〇分の松戸駅です。あそこに、あなたがいますね。電車から降りてくる乗客を見ていますね。あっ、佐山さんが降りてきて声をかけています。
「佐山さん、お帰りなさい」
「あら、どうして坂田さんがここにいるの」
「今日はたまたまこっちの方に用事があったので来ました。佐山さんに会えたらなと思って待っていました」
「坂田さんごめんなさい、今日も、母からの依頼で用事を済ませなくてはいけないのでごめんなさい、失礼します」と言ってその場を去って行きました。
大井番人　今日は、この間と違って、佐山さんから拒否反応が出ていましたね。あれあれぇ、坂田さんは、別れてから帰ったふりをして、佐山さんの後をつけたのですね。
愛子番人　これで、佐山さんの自宅を確認したのですね。完璧なストーカーですね。それで

心思坂田　次に会ったのはいつ、どこですか？　三日後の大手町駅です。さすがに自宅に押しかけるのは良くないと思い、大手町で待つことにしたのです。

大井番人　では、その時の行動を見ましょう。ここは、一八時の大手町の街中です。

愛子番人　この間と同じ場所で待っていたのですね。佐山さんが来ました。あっ、坂田さんは、佐山さんに会いに近づいたのに、坂田さんの顔を見たら、反対の方に逃げるように駆けて行ってしまいました。これでは完全に嫌われましたね。

心思坂田　この時は、さすがにショックでしたね。なんで会ってもらえないのだろうと思いました。それに、この頃、気が佐山さんばかりにいっていたので、仕事でミスをして、上司から叱られて、それで頭に来て、上司とけんかして、会社をやめることになったのです。会社をやめてから、なんでこんなことになったのか、と毎日、考えたら、佐山さんが最初の大手町で声掛けた時に答えてくれたらこんなことにはならなかったと、悔しさが膨らんできました。

愛子番人　それは違うじゃないですか、逆恨みですよ。

大井番人　でもそれは、あなただけの思いで、佐山さんは最初の大手町の時はほんとうに友人との約束に時間がなかったのかもしれませんよ。では、松戸駅で声かけた夜の佐山さんを見てみましょう。

ここは、一九時の佐山さんの自宅です。

「ただ今、お母さんに頼まれたお父さんの誕生日ケーキ買って来たよ」母は「ありがとうね」と言ってくれました。

「お父さん、お母さん、聞いてくれる。私ね、ストーカーに狙われているかもしれない」父は「おい、ほんとうか？　そのストーカーは誰なのだ」

「その人は友達の紹介で会って少し話したけど、私よりいい人がいるみたいなのよ。でもね、最初に会ってから一週間後に会社の近くで会ったのよ。でも、その日は私、友達と約束していて、時間に余裕なかったのですぐに別れたの。そしたら、今度は三日後の今日、松戸駅にその人が現れたのよ、その人の自宅は新宿なのよ」母は「新宿から松戸にくるなんて明らかにおかしいわね」

「その人は、また、お話する時間ある?.と聞いてきたので、今日は母からの依頼で用事があるといってすぐに別れたのよ」父は「たまたま松戸に用事があったのではないのかね」

「違うと思うわ、あれは絶対、私を待ち伏せしていたのよ」母は「それなら気をつけなさいよ」

「わかっているわ、気をつけるからね、じゃあ、お父さんの誕生日パーティーをしましょう」

大井番人　もうここでは完全にストーカーが見破られていたね。このあと、どうしたの？

心思坂田　もうこの頃になると、恋心が憎しみに変わっていくのが自分でもわかったよ。だって、佐山さんからは、嫌われるし、仕事はうまくいかず、上司とけんかして退職し、友人からは、佐山さんと付き合っていたのではないのか、ふられたのか、お気の毒にと言われ、友達は、みんな恋人とうまくやっているのになんで、自分だけ、彼女ができないのだと、心の中のやりきれない憤懣がどんどんたまってきたのです。

愛子番人　それは自業自得というもので、佐山さんはかわいそうだわ。

大井番人　それであなたはどうされたのですか？

心思坂田　こうなった原因は、全て佐山さんが俺を見捨てたからだと思うようになり、夜、自宅近くで待ち伏せしました。でも顔を合わせてもすぐに逃げて自宅に駆け込んでしまいました。そしてその次の日、車をレンタルして自宅の近くで待ち伏せして、帰ってきた佐山さんをむりやり車に乗せ、お台場の人手のないところに行き、話をしました。

大井番人　それでは、その時のお台場を見てみましょう。

「なんで普通に会ってくれないのだ、お前のせいで俺は会社を辞め、人生この先真っ暗闇だ、どうしてくれる」

「それはあなたのせいでしょ。合コンであなたが私の名前を書いてくれれば、今はおつき合いしていたのかもしれないのに」

「でも、その後何回も会いに誘ったが見向きもしなかったじゃないか、じゃあ、これで最後にしてやるので、最後にキスさせろ」

「いやだわ、やめて！」

「なんで俺の言うこと聞かないんだ！」

「やめて、誰か助けて〜」

「黙れ、静かにせよ」と首に手をかけた。

「殺される〜！　助けて〜」

「静かにしてろ！」首にかけた手が、佐山祥子の咽を締め付けた。

しばらくすると、佐山祥子がぐったりとし、坂田良太が「大丈夫か」と声をかけたが返事はなく、坂田良太は周りを見て、車のシートに沈み込んだ。

愛子番人　ひどいわ、佐山さんがかわいそう。

大井番人　成り行きで首を絞めたのですね。この時はまだ、佐山さんは生きていたと思いますよ。すぐに病院に行けば佐山さんは助かったと思います。

心思坂田　もうこの時は気が動転していたし、どうでもいいと思ってしまったのです。

大井番人　どうして、佐山さんを海に投げ入れてしまったのですか？

心思坂田　この時は、もう佐山さんが死んでしまったと思い込んで、気が動転していたのです。そして、佐山さんを車から降ろして、海に投げ入れてしまいました。その後、人を殺してしまったという後悔が頭を駆け巡り、どうしよう！　何とかしなくては！　海に投げ入れた佐山さんはすぐ見つかるだろう！　そして犯人はすぐ俺だと警察は気づくだろう！　逃げられない！　就職もできないだろう！　俺をまともに見る人はいないだろう！　もう生きている価値はない！　佐山さんを追って俺も死のう！　と考えが進み、次に、どうやって死のうかと思ったが、いい案がなく、俺も海に入って死のうと思い、車で海に飛び込みました。

大井番人　最初のボタンの掛け違いです。合コンで二人の気持ちは合ったり合わなかったりいろいろとあります。でも、ほかの人は、合コンばかりが出会いの場ではないことを知っていて、失敗をばねに次の出会いを模索している人は何人もいます。最初に声をかけた人と結ばれる人は、めったにいないのです。ですので、坂田さんは、最初の大手町での出会いまでは許されると思いますが、それ以降はやりすぎです。もしあなたが佐山さんの立場のように、一旦諦めその後不審に思った人が、しつこく追ってきたらあなたはどう思いますか？　あなたも避けるでしょう。立場を変えてみればわかることです。心思になった佐山さんはかわいそうです。

心思坂田　ほんとうにそうですね。今わかりました、ごめんなさい。反省します。

大井番人　では、反省したから、あの世行きの列車に乗ってください。

愛子番人　大井番人、待ってよ、こんなひどいことをした心思坂田を許すの？　私は、彼を邪鬼の世界に一～二年漂わせるべきだと思うわ。

大井番人　そうかも知れないが、心思の世界では、悔いを改め反省することは大切なことだよ。人は誰でも、いいこともやるし悪いこともやってきているものなのだ、だから、ここで反省した人は許してあげようよ。

愛子番人　大井番人は、いいこと言うわね。わかったわ、あの世行きに乗せてあげましょう。発車、オーライ。

第２話

粉飾決算

心思内藤康弘：内藤建設社長

愛子番人　あっ、また男性の心思が来ました。
　心思内藤康弘がやせた体型であの世の入り口に来ました。
大井番人　だいぶこの世で苦労してここまで来たようですね。
　この世にまだ未練がありますか。
心思内藤　大いにあります。私は、二五歳で父親から内藤建設社長の座を引き継いだが、建設業界では接待が多く、暴飲暴食の日々が続き、次第に体調が悪化、胃がんの診断を受けた時にはもうすでに末期の状態で、手術ができない状況でした。人間は悪い時には悪いことが続くもので、会社の業績も悪化してきており、利益率が低い受注を無理やり受注して売上げ、利益は経費を操作して架空の利益を計上するなど、銀行からの借入れを継続するために、粉飾決算をせざるを得ない状況でした。これがバレないか心配でストレスがたまり、このストレスを紛らわせるため、また酒にたよる生活が続いたことががんの進行を早めました。社長就任直後は太った体型でしたが、この頃はやせ細り、誰が見ても体調が悪いことが見て取れる状態でした。
愛子番人　あなたはがんで亡くなり、ここに来たのですか?
心思内藤　はい、入院した時は胃がんでしたが、がんが十二指腸にも転移していて手術もできない状態でした。
大井番人　でも二五歳で建設会社の社長ですよね。良いこともあったのじゃないですか？
心思内藤　それはそうですが。
愛子番人　どんな良いことがあったのですか？
心思内藤　私は、大学時代から親のすねをかじって、車を買ってもらい、大学の友達を自宅に呼び込み麻雀やドライブなど遊び呆けていました。地方から出てきて下宿している友達と比べたら裕福な生活をしていたなあと思います。大学の友達の中には女性もいて、私は女子大生の憧れの的でした。しかし、お付き合いしたのは石川智美だけで、智美は福島出身で、智美のアパートに行ったり俺のうちに連れてきたり、車で福島までよくドライブに行っていました。
大井番人　あれぇ、智美さんは奥さんではないよね。
心思内藤　ああ、智美とは大学卒業で別れたよ。彼女は福島に帰っていき、私は、ここで親の会社に入ったからね。
愛子番人　そんなに簡単に別れることができましたか？
心思内藤　ああ、私から別々の道に進むのだから別れよう、と言ったら素直に別れてくれました。

大井番人　ほんとうですか？　ではその別れの時を覗いてみましょう。

　智美さんはこの方ですね。きれいな方じゃないですか。あっ、智美さん怒ってい
　ますよ。

「康弘さん、どうして私に嘘をつくのですか。あの日私とクリスマスプレゼントを買いに行こうと約束してたじゃないですか。風邪を引いて寝てただなんて嘘つかないでください。私をほったらかしにして、野中紀美子とドライブに行ったこと、私知っています。紀美子から康弘さんは私のものよと言われてしまい、私、悔しくて悔しくてしかたがなかったわ」

愛子番人　これはひどい、智美さんがかわいそうだわ。

大井番人　これに対し、あなたはなんと言ったのか見てみましょう。

「それは、悪いことしたな、ごめん、謝るよ。でも来年には智美は福島に帰るのだろう」

「ええ、私一人っ子なので親がどうしても福島に帰ってこいとうるさいのよ。だから就職先を地元の福島にしたわ」

「俺も、親からどうしても親の建設会社を引き継いでくれと言われていて、大学を出たら親の会社に入ることにしたんだ。だから俺と智美は結ばれることはできないのだよ。だからこれで別れよう」

「そうよね、別れるしかないみたいだね」

大井番人　なんか悲しい別れだね。でもほんとうは、紀美子さんに乗換えたかったのじゃないの？

心思内藤　そうかもしれないなぁ。

　と言ってごまかしました。

愛子番人　本当は別れなくてはいけないため、別れの口実として紀美子さんを連れ出したの？

心思内藤　はい、実はそうなのです。

大井番人　あなたの悔いが残る場面はいつですか？

心思内藤　昨年四月にその年の三月期決算を粉飾した時、どうしてあんなことになってしまったのか、なぜ粉飾したか、悔いが残っています。

大井番人　昨年四月五日、一六時の経理部長との打ち合わせの時ですね。ではその場面に行きましょう。

　山田経理部長が「内藤社長、このまま決算を上げたら、銀行から借入れできなくなります。それに、こんなにも大きな赤字では公共事業の受注も取れません。なんとかしてください」

「そうだな、なんとかしなくては……そうだ山田部長、今受注している案件を前期に計上することはできないかね」

山田経理部長は「受注契約の期限は三月末日になっているので、完成確認書の日付を三月三一日にしていただければ可能ですよ、ただ、社長、完成度はどのくらいですか？」

「では、そのようにしよう。完成度は七割くらいだよ。ただ、利益率が低いので、屋根材は翌期回しにしておいてくれ」

「それでは、完全に粉飾決算になってしまいます。それはやめましょう」

「まだ、完成していない売上を計上するのも同じ粉飾決算だ。経理屋は俺の言うことを素直にきいていればいいのだ。わかったな、部長」

大井番人　これはまずいですね。

心思内藤　私が粉飾の指示を出したのですね。これは自業自得だなぁ。でも、あの時粉飾しなかったらどうなっていただろう。銀行借入れはもうできなかったと思うけどなぁ。

大井番人　では、今、この会社がどうなっているか見てみましょう。

ここは、内藤さんががんで倒れ入院した時の会社です。

山田経理部長が「専務（社長のお母さん）、今月末の手形決済資金が五百万円足りません。どうしましょうか？」

「どうしましょうと言われても、そこをなんとかするのが経理部長の役目でしょう」

「そうは言っても無いものは無いのです。このままでは不渡りになります。倒れた社長がいけないのです。その責任を私に押し付けるなんて、もう、やっていられません。辞めさせていただきます」

少し時間をおいて、社長のお母さんの内藤和枝専務と社長の奥さん内藤裕子との会話です。

「なんでこんな時に康弘は倒れたのかねぇ、月末まで五百万円が集まらなければこの会社も倒産だよ」と和枝専務が言うと、裕子社長夫人は、「えぇえ、会社はそんなにたいへんなのですか……そうですか？」

その後裕子は、出かけてくるといって夕方出かけていきました。翌日も朝方出かけ、昼過ぎに帰ってくると、お母さんの和枝専務に、「お母さん、実家に話をして五百万円借りてきました、それに、私の弟も、今までの会社を辞めて就職活動をしていたので、この会社で雇っていただきたいのです」

「えぇえ！　ほんとうなの？　……それはありがたいことです。じゃあ、五百万円お借りすることにします。あなたも、経理部長が辞めちゃったので、この会社を手伝ってよ」

「今はたいへんな時だから、みんなで協力してこの会社を守らなければね」

「事業は叔父さんの常務が中心に行ってくれているので、あなたの弟さんも常務の下で勉強して頂戴。そしてあなたは、経理をやってね、ゆくゆくは経理部長になってもらうからね」

「わかりました」と裕子。

大井番人　こうして会社は、叔父さんの常務と、奥さんと、奥さんの弟さんが、応援に来てくれて、受注も斡旋してくれてなんとか持ちこたえ、今は、その取引が継続されて、少しずつ回復傾向にあります。ということは、やはり、粉飾決算はやってはいけないことだったのです。

心思内藤　わかりました。会社は持ちこたえたのですね。安心しました。

愛子番人　あなたは、胃がんで亡くなったのですが、家族や会社に大きく迷惑をかけましたが、それがどうしてか、理解し反省していますか？

心思内藤　私は、社長になり接待で暴飲暴食して胃がんになりました。接待だから仕方なかったのです。

愛子番人　それは本当でしょうか？　では、ある日の接待の場を覗いてみましょう。ここは料亭花里です。この日は、ゼネコンの大平建設をあなたの会社内藤建設が接待していたのですね。

心思内藤　はい、この日は、市役所の公会堂改修工事が発注される前でしたので、大平建設の支店長と部長を接待しました。

大井番人　あっ、接待のお部屋に芸者さんも来ましたよ。

心思内藤　そうなんです。今回の公会堂改修工事はなんとしても当社が工事の受注を取りたく奮発しました。
大井番人　そこまでしなくてもよかったじゃないですか？
心思内藤　そうかもしれませんが、結果、受注できました。
愛子番人　大平建設の発注先決定の場面を覗いてみましょう。下請けの新藤建設さんは、妥当な価格で入札してきましたね。これに対し、内藤建設は一五％引きですね。これで、利益が出るのでしょうかねぇ。

大平建設の入札結果が部長から発表されました。
「私共は、入札をごまかす訳にいかないので、低価格の内藤建設に発注することが決まりました」と連絡がありました。ただ、入札結果を見た大平建設の支店長は部長に「内藤建設は、あんな不必要な芸者接待をしていて大丈夫ですかね」と言っていました。

愛子番人　粗利も少なく、芸者接待して会社大丈夫なの？
心思内藤　この時は、資金繰りも厳しくなっていたので、金回りを優先したのです。
愛子番人　そうですか。暴飲暴食の実態を見ましょう。この時の芸者接待を見てみましょう。
大井番人　あなたが、芸者を呼んで、座敷に入れたのですね。
心思内藤　はい、そうです。そして四人の芸者に今日は大いに盛り上がってくださいと依頼しました。

愛子番人　あっ、あなたは、大平建設の支店長にお酒を勧めに行き、返杯を受け、その後、酔いが回って、芸者の皆さんから一気飲みを要望され、それに乗って、一升瓶を持ちだし、一気飲みして場を盛り上げたのですね。

心思内藤　あの時は、もう酔いが回り、成り行きで一気飲みしてしまいました。

大井番人　では、もう一つの場面も見てみましょう。

ここは、建設業協会の忘年会の場です。地元の建設業協会のメンバーで忘年会をしている場所ですね。

心思内藤　この忘年会は、私が一番若いということもあり、最初は先輩メンバーにお酒をつぎに回っていましたが、そのうち、返杯ももらって酔いが回り、宴の半ばには、会場のコンパニオンにもっと酒をもってこい、とどなり、先輩にからんでしまいました。

愛子番人　酒癖が悪いのですね。これでは、胃がおかしくなるのもわかります。

大井番人　あなたは、命に関わることなので、暴飲暴食は自制しなくてはいけなかったのです。このことを反省しなくてはいけませんね。それに、あなたは若くして社長になりましたが、役職に就いたらまずは襟を正し、気を引き締めることが大切です。

心思内藤　粉飾のことや暴飲暴食のことも自業自得ですね。反省します。
大井番人　反省したら、心思内藤さんあの世行きの列車に乗ってください。
愛子番人　役職に就いたらまずは襟を正し、気を引き締めなさいとは大井番人もいいこと言いますね。
大井番人　それは上に立つ人にとっては当然のことなのですよ。
と笑って答えました。

第3話

いじめの対価

心思中里浩二：ガキ大将

心思中里浩二は、事故で大けがをしたが動けると言って、あの世の入り口に来ました。

愛子番人　あなたが動けるのは、その大けがが原因で亡くなり、心思（霊魂）になってあの世に来たのです。あなたは、どうして大けがをしてここに来たのですか？

心思中里　話せば長いことですが、ここに来た理由は次の通りです。

私は、二人兄弟の弟として生まれ、兄の真一は相撲が強く地元地域で開催される相撲大会で小学校三年から毎年優勝していました。二つ違いの私はいつもお兄ちゃんの後を追い、地元の小学生を集めいたずらをするなどガキ大将となっていきました。兄の後を追っていた私は兄の傘を借りて悪ガキに育っていきました。兄の真一が中学生になってからは、小学校のガキ大将に君臨し、気に食わない小学生をいじめていました。ある日私は、小学校の担任の先生から今の日本の総理大臣は誰かと質問され答えられませんでした。先生は続けて前の席の山西圭太に同じ質問をして、山西圭太は「岸部太郎」と答え、皆が拍手しました。私はこれに腹を立てて放課後、山西圭太を体育館に呼び出し「圭太、おまえは俺に恥をかかせてくれたな」と言って殴る蹴るの暴行をしました。

山西圭太は家に帰り母親と顔を合わせたところ、母親は殴られたあとを見て、すぐに病院に連れて行きました。病院では全治二週間と診断されました。夜になり、父親もこのことを聞き「誰にやられたのだ」と圭太に確認し、圭太は中里浩二だと打ち明けました。圭太の父親は翌日、圭太を連れて小学校に行き担任の先生に圭太が中里浩二に暴行されたと報告しました。担任の先生は、「中里浩二に注意しておきます」と言って圭太の父親をなだめ、圭太の父親はこれ以上言っても埒が明かないと思い引き上げました。

その日、担任の先生は、私を職員室に呼び出し、「なんで山西圭太をいじめたのか」と問いただしましたが、私は「いじめではなく言い争いだ」と言い、「感情的にもみ合ってつかみ合いのけんかをしただけだ」と言ったところ、先生からは「そうか、もう喧嘩するなよ」と注意され私を放免しました。その後も、悪ガキを集め学校内でいじめを繰り返していました。

中学に入って私と山西圭太は同じクラスになり、圭太は、またあいつと同じクラスかとがっかりしたと思います。佐伯美佐は私や山西圭太と同じクラスで、クラスの男子生徒のあこがれのまとで、美佐自身は、圭太に思いを寄せていました。私も美佐を恋人にしたく四月に同じクラスになってすぐから、ちょっかいをかけていました。

ある日、山西圭太が佐伯美佐と一緒に帰る途中、私と出会い、私は「おまえたち付き合っているのか」と声をかけ、圭太に「美佐は俺の女だ、手を出すな」と言っておどして別れたが、圭太と美佐が別れたあと圭太を呼び止め、美佐に手を出すなとまた殴る蹴るの暴力をふるってしまいました。

翌日、圭太は絆創膏を貼って学校に行ったところ、美佐から「どうしたのその傷は」と問われ、「あれから浩二が追ってきて暴力を受けた」と言いました。美佐はそれを聞いて私の所に来て「浩二、なぜ圭太をいじめるの、その理由を言いなさいよ」と私に詰め寄りました。私は「けんかもするほど仲がいいんだ」としらばくれました。

このような中学時代が過ぎ、高校は、地元の工業高校に進み、山西圭太は地区有数の進学校に進み、早慶大学を卒業して東西自動車工業株式会社に就職しました。一方、私は工業高校を卒業後、東西自動車工業株式会社静岡工場に就職していました。また、佐伯美佐も普通高校を卒業後、地元の大学を出て、東西自動車工業株式会社静岡工場の総務課に就職しました。

私は就職して部品組立部に配属となり、入社してすぐは、同期入社の三人と飲酒やパチンコなど悪ガキ時代と同じようにガキ大将気分で過ごしていたが、半年経過後には、同期入社の三人はそれぞれの上司との付き合いも始まり、四人で過ごすことがほとんどなくなりました。反面、私が所属した部品組立部の先輩から誘われることが多くなり、その際は先輩から奢ってもらうことが多く、先輩をたてることに気を遣うこととなり、悪いことはあまりしなくなってきていました。先輩からからかわれることも多くなり、自分でもいらついていることを自覚してきていました。このいらつきを発散させるために、家庭内では両親にあたることも多くなってきてしまいました。

ちょうどその頃、山西圭太が東西自動車工業に入社し、新入社員の紹介で私は圭太がこの会社に入社したことを知りました。私は、いらついたまま圭太に会い「圭太、久しぶりだな、この会社じゃ俺が先輩だ、また中学時代のように俺の言うことを聞くのだぞ」と脅かしました。圭太は「久しぶり、浩二はこの会社に入っていたのか、知らなかったよ、この会社のこといろいろと教えてよね」と言ってこの日は別れました。

その後、製造現場で働く俺と事務所ビルで働く圭太とはあまり接点がなく六年が経過した四月、人事異動があり圭太が部品組立部門の生産管理課長代理として配属されて来ました。赴任当日、朝礼で圭太は二百人いる作業現場の社員の前で就任の挨拶を行いました。朝礼終了後、俺は「圭太、久しぶり、これからまた、仲良くやろうぜ」と声をかけました。圭太は「久しぶりだね、もういじめないでくださいよ」と言って事務室に向かいました。

三ヶ月後、圭太は生産性向上のため、組立現場の作業配置や、工程変更を提案し、上司が認め実施することとなりました。圭太は、現場の社員に変更理由や変更内容を説明し実施するように指示し、指示を受けた現場社員の一人が「俺たちが今までこのやり方が最善だと思いやってきたんだ、なんで今更変更しなくてはいけないのだ」と言いました。俺も続けて「俺たちは長年の経験でこの方法がベストだと思い行ってきたんだ。最近来た山西生産管理課長代理さんでは現場がわかっていないのではないですか」と言いました。

圭太は「いいえ、そうではありません、この一ヶ月皆さんの行動を見て、部品の開梱、備品の配置、皆さんの動線や部品の組立工程、完成品の梱包、を全て考慮した結果、先ほど説明した体制にすることが生産性向上に寄与すると私の上司も認めたものです。皆さんはこの体制で組立作業を実施してください」と指示しました。作業現場では先ほど不満を言った社員と私が不満をぶちまけたが他の社員は冷静で、班長が、上司の指示だと言って皆をとりまとめ、指示された作業環境を実施していきました。

秋のボーナスの査定時期になり、圭太は私がいる班の一次評価を担当しました。ボーナス査定評価は一～五までの五段階評価で、五が最優秀評価で進められました。結果、一二月のボーナスで私は、同期入社の社員と受取るボーナスを比べ少ないとわかり、この不満を人事評価した圭太に向けました。「俺のボーナスが同時入社した社員より少なかったが、俺の評価をおまえがやったのか。おまえは昔いじめられたことに根に持って俺の評価を下げたのか」と問い詰めました。圭太は「そんなことはないよ。確かに浩二の一次評価は俺がやったが、四の評価をしておいたよ」私は「そんなことはない、評価は二の評価だった。おまえは俺を馬鹿にしたな、まあいい、今日の所は許してやる。次回年次評価では必ず昇級するように評価しろよ。さもないとまたいじめるぞ」と脅かしました。圭太は、「違うよ、俺は浩二のことを作業現場で大きな声を出し仕事を一生懸命に取り組んでいて、子供心は抜けていないが元気がいいなと評価していたのだよ、信じてくれ」と言い続けていました。

期末の年次評価の時期となり、私は昇級に期待を寄せていました。しかし結果は、昇級できませんでした。私は、また圭太が意地悪をしたんだと思い、圭太を土手に呼び出しました。土手に着いて、俺は「なんで俺が昇級できなかったのだ。おまえが人事評価の点を下げたんだな」と言ったら、圭太は、「おれはちゃんと浩二を評価しているよ、四の評価をしたよ」と言ったが、「それはうそだ、実際に昇級できなかったじゃないか」と言って圭太の顔面を殴ってしまいました。

愛子番人　圭太がかわいそうです。その後どうしたのかしら。その後も見てみましょう。

圭太は、家に帰り、顔に殴られたあとがだんだんと青あざに変わってきていました。お母さんから、「どうしたのその青あざは」と聞かれたが「ドアにぶつけた」と嘘を言ってその日は自分の部屋に戻っています。

翌日、会社に行くと、周りの社員からその顔どうしたのかと聞かれ、ドアにぶつけたと言っています。佐伯美佐は、昨日、二人が土手に向かって行ったところを見ていたため、これはあきらかに浩二が圭太を殴ったと課長に報告していました。

愛子番人　佐伯美佐さんはいい人ね。続きを見ることにしましょう。

佐伯美佐の報告を受けて課長は、圭太を会議室に呼び出し、誰に殴られたかを圭太に質問しました。圭太はドアにぶつけたと言い続けましたが、課長は、昨日帰りに浩二と圭太の二人が土手の方に向かったのを佐伯美佐が見ていて、あの顔は明らかに浩二に殴られたあとだと言っています。誰に殴られたかほんとうのことを言いなさい、さもないと君の評価も考え直さないといけないと言われ、中里浩二に殴られたことを話しています。課長からは殴られた理由も聞かれ、浩二の人事評価のことも話しています。

大井番人　そのあと課長は、あなたを呼び出し、どうして圭太を殴ったかを問いただしていますね。あなたは「圭太は昔からの友達で言い争いの中で殴った」と言ったが、課長は「圭太の人事評価に不満で殴ったと圭太から聞いている」と言われ、「渋々、圭太の人事評価の結果に頭に来て圭太を殴った」とゲロしました。課長はあなたに対し、圭太に謝るか、警察に行くかを迫っていますね。そこであなたは圭太に謝ることを選択したのですね。課長は会議室に圭太を呼び、そこであなたから圭太に謝らせたのですね。

心思中里　俺が、「圭太、殴ってごめんなさい。以後このような暴力は行いません」と言ったら、圭太は、「浩二、わかったよ、これからも頑張れよ」と言ってくれました。

課長は、「これで二人とも仲良くやれよ」と言って三人は会議室から出ました。

心思中里　俺は、これで圭太との仲を良くしようと思ったのですが、この東西自動車工業株式会社静岡工場で、上司に圭太がいる限り、これからも昇級できないと思い、それに、課長の前で謝らせられ、課長の評価も悪くなるに違いないと思い、怒りがふつふつと沸いてきました。そんな思いで仕事をしていたため、ミスを重ね同じ職場の社員からも注意を受けました。そんな日が三日続き、自分でも自棄を起こし四日目から無断欠勤して、昼はパチンコ、昔の悪ガキ仲間と夜は酒を飲み、身を崩していきました。

そして、五年後、風の噂で、山西圭太が東西自動車工業の課長に昇進したことを聞いたが、自分は、東西自動車工業を退職後、パートなど五社を転々と変え、収入も途絶え、生活に困窮した状態となっていました。ある日、飢えに耐えかねて、コンビニに入り、おにぎりやパンを盗み、逃げていく途中、慌てて交差点の赤信号を渡ったところで車にはねられたのです。一〇メートル先まで飛ばされました。すぐに救急車で運ばれたが病院で亡くなりました。

こうして、私はこの場所に着いたのです。

大井番人　それでは、心思中里浩二、あなたは今までの人生に悔いはありますか？

心思中里　俺は子供の頃、よその子をいじめたり、悪ガキを集めて悪さをしましたが、社会に出てからは一生懸命仕事をしました。どうして俺は無一文になりコンビニで泥棒をしなくてはいけない人生になったのかわからなく、悔いが残っています。

大井番人　あなたの人生、どこが間違っていたのですか？

心思中里　学校を卒業して東西自動車工業に入ったところまでは良かったが、この会社の上司として山西圭太が転勤してきて、圭太が昔、俺からいじめられたことを根に持って、俺の人事評価を低く評価したのだ。俺はそれがいやで圭太に確認したが圭太は低い評価をしていないと言っていたが、実際は低い評価だったので圭太は嘘を言っているのだと思い、圭太を殴ったのだ。そしたらそれを課長は俺が暴力振るったとして俺は圭太に謝らされたんだ。それが頭にきて、仕事で間違いを起こし会社を辞めることになったのだ。圭太が俺を低く評価したことが悪いのだ。

愛子番人　それは本当にそうでしょうか？

心思中里　そうに決まっている。

愛子番人　では、ほんとうにそうか圭太の人事評価を見てみましょう。まずは、冬のボーナスの査定ですね。圭太は、四の評価で上申していますよ。

心思中里　あれぇ、四の評価だ！　じゃあ、二の評価をしたのは誰だ。

大井番人　じゃあ、課長の評価を見てみましょう。あっ、やっぱり課長が二の評価にしていますよ。次に、期末の年次評価を見てみましょう。圭太は、浩二がよく頑張っているとして四の評価をしていますよ。

心思中里　ほんとうだ。

愛子番人　二の評価をしたのはやっぱり課長でした。その評価コメントでは、元気が良く真面目に仕事は取り組んでいるが、子供心が抜けきらず、同じ働いている社員にいたずらをしたり、後輩をいじめたりすることがあり、評価を二としたと書いてあります。

大井番人　やはり評価を下げたのは圭太でなく、課長でした。それをあなたは圭太が下げたものと逆恨みしたのです。

心思中里　私は間違って逆恨みしたのですね。

愛子番人　でも、課長があなたの評価を下げたのは、あの時もまだいたずらや後輩をいじめていたからなのです。因果応報、いじめをすればいつかは自分にそのつけが回ってくるものです。わかりましたか。

心思中里　わかりました。私が大人になっても、いたずらやいじめをしていたのがいけなかったのですね。反省します。

大井番人　彼は反省しましたのであの世行きの列車に乗ってもらいましょう。

愛子番人　中里浩二はガキ大将だったので、邪鬼の世界を漂ってもらうのもいいかなと思いますが、社会に出て一生懸命働いていますので、あの世に行ってもらいましょう。

大井番人　では、心思中里浩二、あの世行きの列車に乗ってください。

と乗り場に案内して、さよならと送り出しました。

第4話

愛と死の天秤

心思風間涼子：野球球児の恋人

愛子番人　あっ、また心思がこちらに向かっています。あっ、今度は若い女性です。

あの世の入り口に、一八歳の心思風間涼子が涙を流しながらたどり着きました。

愛子番人　どうされたのですか？

とやさしく声をかけました。

心思涼子　私がここに来るまでのことをお話しします。

私は、小学二年の時、同じクラスの友達の山川健一を好きになりました。健一は野球に興味をもち少年野球チームに入り、地元の中学を卒業して、西徳高校野球部に入部しました。私は健一のことをいつも気にかけて見ていましたが、春風高校入学後、山岳部に入り登山に夢中になりました。高校一年の西徳高校文化祭で、たまたま、吹奏楽部の演奏を聴きに行った時、私と健一は出会いました。健一と私は、まじまじと見つめ合い、お互いの成長とまだ恋人がいないことを確認し、その日の帰りに健一から俺とつき合わないかと声をかけられ、私はそれに応じました。

高校二年生になり、健一の秋の野球大会が終わった時、私は健一を、秩父の両神山の登山に誘いました。二人は峠に着き昼ごはんのおにぎりを食べたあと、健一がはしゃいでいたので危ないと言って健一のリュックサックのひもに手をかけたところ、健一は滑りかけ、私はリュックサックのひもを必死に引っ張りました。その結果なんとか事故になる滑落を防ぎました。健一は、真剣な顔をして私に謝り、涼子は俺の命の恩人だ、助けてくれてありがとうと抱きつきました。

その後、健一の野球の練習のあと一緒に帰ることが多くなりました。健一の西徳高校野球部は、甲子園の春の選抜には出られませんでしたが、夏の甲子園に向けて練習が続いていました。その後、甲子園の春の選抜で優勝が決まる日、私の膵臓がんが発覚し余命が長くて半年と診断されました。健一は私の病気を知って、すごく落ち込み野球の練習もできない状況となってしまいました。これを知った私は健一に「私の命は残り少ないの、これはどうしようもないことなの。だから、私は、残りの人生、自分では何もできないけど、健一さんの夏の甲子園の一勝を見たいわ、見せてください。私の最後のお願いです」と逆に健一を励ましながらお願いしました。健一は「そうか、わかった」といい、私の看病と野球の練習に集中しました。

夏の甲子園の出場をかけた県大会が始まり、健一は、私を励ます意味でも、なんとしてでも県大会を制して甲子園に行かなくてはと、気を引き締めて試合に臨みました。そして、県大会決勝では、序盤は背番号10を付けたピッチャーが七回まで好投し、試合は○対○でした。八回からリリーフした健一は、九回の表、相手に一アウト一塁、二塁と攻め込まれましたが、私のことを思い出し思い切り腕を振ってストレートを投げ込みました。これに対し、バッターはバットにボールを当てただけのショートゴロとなり、ダブルプレーでこの回を○点に押さえました。九回の裏に入り、トップバッターはライト前ヒットを打ち一塁に出塁、次の打者のバントで二塁に進み、その次のバッターはショートフライに打ち取られ二アウトになってしまいました。

次のバッターの健一が、ネクストバッターサークルにいる時、病院に無理を言って抜けだしネット裏に応援に駆けつけた私は、「健一、頑張ってね」と言い、あらためて健一は気を引き締めました。そして、バッター打席に立った健一は、私の願いを叶えさせなければと思い、一球入魂、振り抜いた打球はセンター前に落ち、二塁ランナーがホームを踏み、健一の西徳高校が県大会を制しました。

この翌日、健一は私の見舞いに来て、「昨日、涼子が応援に来てくれたから勝てたよ」と報告してくれました。私は、「これでいよいよ甲子園だね、絶対一勝はしてね」と健一にねだりました。健一は、「必ず一勝するからね、だから、涼子も頑張れよ」と励ましてくれました。しかし、私の病状はだんだんと悪化し、甲子園大会の前日昏睡状態になってしまいました。

そして甲子園大会は二日目を迎え、健一の西徳高校と山海学園の戦いが始まりました。健一はピッチャー、四番で出場し、戦いは投手戦となり、健一は甲子園初勝利を目指し頑張りますが、九回表に相手校に一点獲られてしまいました。私は、八回に入ったところで意識が戻り、甲子園の状況をお母さんに聞きました。そしてテレビを見たら九回表に一点取られたところでした。

健一は、九回表を一点に押さえ、ベンチに帰ってきました。健一は私が今日が山場と聞いていたので監督に特に許しをもらい、スマホをベンチに持ち込んでいました。私は健一に電話して、「健一さんがんばって!」と励ましの言葉をかけました。そしてすぐに意識がなくなりまた昏睡状態になりました。

愛子番人　では、その後のことはどうなったのか知りませんよね。

心思涼子　ええ、どうなりましたか、ぜひ教えてください。

愛子番人　では続きを見てみましょう。

健一は涼子からの電話に対し「大丈夫か」と聞き返しましたが、返答はありませんでした。その後健一は、一塁に走者をおいてバッターボックスに入り、二ストライク三ボールとピッチャーと打者とも追い込まれ最後の一球、健一は、涼子の約束を必ず守ると思い切り振り抜きました。その最後のボールは健一のバットにはじかれ高々と左中間に舞い上がり、大観衆の中スタンドに入りました。健一はホームランを打って逆転、初勝利を挙げたのです。

しかし涼子は健一の初勝利を見ることなく、その後息を引き取りました。

心思涼子　私は健一が甲子園で一勝することを約束してくれましたが、それを見られなくて残念ですが、健一はあの試合に勝ったのですね。

愛子番人　はい、九回裏、健一が逆転ホームランを打って勝ちました、涼子さんとの約束を果たしましたよ。これで納得いただきましたか？

心思涼子　はい、ありがとうございました。健一さんが約束を守ってくれてたいへん嬉しいです。

愛子番人　その後のことをもう少し見てください。

試合に勝った健一は、試合が終わるとすぐにダッグアウトに入り着替えをして、応援に来ていたお父さんに声をかけて車に乗せてもらい涼子の病院に駆けつけています。

そして、病院に着いて涼子の病室に行きましたが、そこには涼子はいませんでした。近くにいた看護師さんに涼子のことを聞き、亡くなったと聞かされ、健一はがっくりと落ち込んでしまいました。そして病院を出るところで、涼子も霊柩車で病院を出るところで、涼子のお母さんに出会っています。

健一は、泣きながら涼子のお母さんに、「間に合わなかったのですね」と言い、お母さんから、「健一さん、ありがとうございました。涼子は健一さんがいたから最後まで頑張ってくれました。三日前から昏睡状態でしたが、健一さんの甲子園初勝利を見たいと言っていて、その思いが通じたのか、健一さんの野球が八回に入ったところで意識が戻り、健一さんの試合、どうなったのと聞かれ、テレビを見たら九回の裏に入るところでした。涼子は健一さんに電話で応援したいと言い出し、スマホであなたに電話したのです。しかし、頑張って、と言ってすぐに気を失い、その二時間後に息を引き取りました。でも、健一さん、涼子は昏睡状態に入る前に私に、病気で若くして先に逝きますがごめんなさい、でも、私は、健一さんという心から信頼できる友達ができて幸せだったよ、と言ってくれました。だから、涼子は幸せ者です。ほんとうにありがとうございました」

これを聞いた健一は、泣いています。

大井番人　若くして病気で亡くなるのは悔しく残念ですが、涼子さんは良いお友達がいて良かったですね。

愛子番人　涼子さんは死との戦いでたいへんでしたが、健一さんとの愛はその悲しみを救ってくれましたね。こんなに愛が死の苦しみを救ったのを見たのは初めてだわ。涼子さんは幸せ者ね。

心思涼子　そうよね、私は幸せ者よね。
　と言って、あの世行きの列車に乗りました。
　心思風間涼子を送り出した後、
愛子番人　今回の涼子さんの死との戦いは愛がその悲しみを救ってくれましたね。
大井番人　こんな純粋な愛ができるなんてうらやましいです。
愛子番人　若いっていいわね、大井番人も初恋したでしょう？　どんな初恋をしたの？
大井番人　そりゃ、初恋しましたよ。これでも、高校時代、ラクビーの選手として学校内では有名人でしたから。高校一年の時、ラグビーの練習や試合を見によく来ていた同じクラスの女子生徒からラブレターをもらい、お付き合いをしました。
愛子番人　へえぇ、それでどこまでいったの？
大井番人　それはどうでもいいじゃない。
愛子番人　あれれ、恥ずかしいことしたんですね。
大井番人　何を言うか、キスまでですよ。それより、愛子さんはどうですか？
愛子番人　私は勉強が忙しく、恋愛などしている暇はありませんでした。
大井番人　へえぇ、そうなんだ、でも片思いの人はいたんじゃないですか？
愛子番人　それは、私も女ですから、中学、高校、大学、弁護士事務所にそれぞれ好きな男性がいましたよ。

大井番人　愛子さんはいろんな人を好きになるタイプなのですね。

愛子番人　ええそうです。だって、いろいろな人の考えを聞くのは大事なことよ。

大井番人　それは、弁護士だからじゃないのですか？

愛子番人　いや、仕事もプライベートも同じことよ。いろいろなことを聞いて正しい判断をすべきよ。

大井番人　でも、涼子さんのように一人の人を深く愛することもいいと思いますよ。

愛子番人　それもいいと思いますが、それは、心思になってもできるのでしょうか？

大井番人　できるかもしれませんよ。

と冗談を言って笑いました。

第５話

はかない若き日の恋

心思野中修二：初恋を忘れることができない人

愛子番人　また新たな心思がこちらに向かっています。今度は男性ですね。今回の心思も肩を落としてますね。
大井番人　お名前を教えてください。
心思野中　俺は野中修二と申します。
大井番人　ここはあの世の入り口です。ここはどこですか。
心思野中　俺は三星物産のエリートコースを走っていたのに、どうしてこんなことになってしまったのか、わからない。悔しくてたまらないです。
大井番人　それでは、どこで人生を間違えたのか。この世のあなたを見てみましょう。そのきっかけはいつかわかりますか？
心思野中　彼女と会ったのは高校時代でした。
大井番人　ではまずは、高校時代から見てみましょう。
あなたは教室の中で最後部座席にいますね。授業の最中でも斜め二つ前の女性をよく見ていますね。廊下ですれ違う時、彼女は必ずあなたを見ていますね。彼女はあなたに惚れているのは間違いありませんね。
愛子番人　彼女の名前はなんていうのですか？
心思野中　彼女は、宮崎美桜といいます。

愛子番人　かわいい子ですね、彼女は男子生徒の憧れの的のようですね。
大井番人　もう少し時を進めてみましょう。
半年過ぎましたがあなたは、まだ美桜さんに声をかけていませんね。案外奥手なんですね。でも、美桜さんはまだあなたに気がありますよ。
あっ！　ちょうど二人は下駄箱に来て帰ろうとしていますね、外は雨ですね。あなたは傘を持ってきていたが、美桜さんは傘がなく困った顔をしていますよ。あなたは勇気を出して美桜さんに声をかけましたね。
「この傘使ってください」
美桜さんは、「ありがとう、でも私が使ったら野中さんが濡れてしまいます。一緒に傘に入りませんか？」
「えっ、いいのですか？　私は喜んで」と言って笑顔を見せました。そして傘を開きそこに美桜さんが入って駅まで歩きました。
心思野中　そうなのです。これがお付き合いをするきっかけになりました。
愛子番人　その後、二人はどうなったのですか？
心思野中　高校時代は、週に三回くらい一緒に学校から帰り、デートにも行きました。お付き合いはキスまで行きましたが、私にはその先に踏み込む勇気がありませんでした。その後、私は立明大学に、美桜は専門学校に進みました。お互いそれぞれに忙しくなり、疎遠になってしまいました。

私は、立明大学を卒業し、三星物産に入りました。三星物産では、入社後五年目に二年後輩で入ってきた北山優奈と仲良くなり結婚し、今では二人の子供がいます。仕事面では、同期入社の社員に負けないよう、会社の業務内容を覚え、なるべく先輩に声をかけコミュニケーションを良くして、また、お客様のこともいろいろ研究して取引を深め、周りから信頼を得て、同期入社の中で初めての営業課長に抜擢されました。営業課長になってから先輩を参考にして課長職を順調にこなしていきました。

ほぼ一年がたった時、経理課の退社した女性社員の後任に、パートとして宮崎美桜が採用され会社に来ました。私は、会社内で宮崎美桜とばったり会い、びっくりして、「ひょっとして美桜さんですか？」と聞いてしまいました。

美桜は「そうよ、修二さん、久しぶりです」と笑いながら答えています。

私は高校時代のことを思い出すと同時に、美桜が美しく成長したのに驚きました。

そして、三日後、会社の帰りに美桜を夕食に誘いました。この日は、久しぶりに会って、疎遠になってからのことをお互いに話しました。そして、美桜がまだ結

心思野中

婚をしていないことを知りました。

愛子番人　この時、あなたには、優奈さんという奥さんと五歳と二歳の男の子がいたのですよね。

心思野中　はいそうですが、美桜はあまりにも美しく、そして私に優しく話しかけてきて、私はすぐに美桜を愛おしく思いました。

愛子番人　それであなたはどうされたのですか？

心思野中　私は、それから頻繁に彼女と食事に行ったり、ホテルへ行ったりしました。彼女も私に妻子がいることを知っていたが、私との交際を楽しみにしていました。

愛子番人　ほんとうですか？

心思野中　ええ、ほんとうです。

愛子番人　では、いやらしい振り返りですが、ベッドの中も見てみましょう。

ベッドの中で二人はもみ合いながら、お互いに修二さん、美桜と呼び合いながら絶頂期を迎えていました。そして、終わったあと、「俺は美桜が大好きだ、でも俺には妻子がいるがそれでもいいのか」美桜は「今はそれでもいいわ。私も修二さんのこと大好きで、最近は修二さんのことばかり考えているの」「そうか、わかった、じゃあ、これからもよろしくな」「修二さんこそよろしくね」と会話しています。

大井番人　ここまでは、あなたは仕事も私生活もうまくやっていると思ったでしょう。その後どうしてここに来ることになってしまったのですか。

心思野中　大井番人の言うとおり、ここまでは良かったのです。しかし、私も美桜に夢中になりすぎて、昼も夜も美桜のことが頭から離れなくなってしまい、仕事で、間違いをすることが多くなり、家庭では、妻の優奈が最近の俺の行動がおかしいと言って不倫を疑い始めたのです。

そのため、美桜との交際も思うようにできなくなりました。そしたら、美桜への思いがさらに強くなり、仕事中でも、お客様のところに行くと言って会社を抜け出し、美桜は体調が悪いと行って早退し、美桜とホテルに行くようになってしまったんです。ある日、会社の同僚が急用ができ私に連絡を取りたく、訪問すると言っていた会社に電話したところ、俺が来ていないとの回答が三回も続きました。これはおかしいということで、最近の野中営業課長がおかしいと部長に報告し、部長からどこに行っていたのかを聞かれ、体調が悪く、公園のベンチで休んでいたと嘘をつきました。このようなことが三ヶ月も続き、担当している営業課の成績も悪化していきました。

一方、家庭面では、毎日残業で遅くなると言って一二時近くに帰ることが多くなり、ある日、妻の優奈が用事で二〇時すぎに会社に電話したところ、野中課長は一八時に会社を出たと言われ、ついでに、今、会社は忙しいのでしょうね、と聞いたところ、いいえ、そんなに忙しくありませんよ。野中課長も一八時頃毎日帰られていますからと言われました。そうですか、と半信半疑で電話を切りましたが、その日に帰ってきたのは一一時四〇分でした。

優奈は私が毎日遅くまで残業しているものと思い込んでいたが、この日帰ってきたあと、私に、「今日も残業?」と聞いてきました。私は「ああ、今日も残業だよ」と返事をしたので、優奈はこれはおかしいと思い始め、翌日、会社が終わり、会社から出てくる私を見張り、後を付けたら、見知らぬ女性と食事をしてその後ホテルに入って行くのを見ました。

その日の夜、優奈は私に、「あなたが不倫しているのがわかったわ、その説明をしてちょうだい」と言われ、私は、「相手が高校時代の同級生で今同じ会社にパートにきている宮崎美桜だ」と告白し、「高校卒業以来の再会で仲良くなりホテルまで行ってしまった。ごめん」と謝りました。優奈は、「子供もいるし今回だけは許してあげる。その代わり、今後絶対に不倫はしないでよ、わかった?」と言い、私も「わかった」と答えました。

しかし、私はあきらめることができず、美桜との仲を続けてしまったのです。このことは、会社の他の社員も私と美桜が歩いているところやレストランに入っていくところを見たと言う社員も出てきて、会社内で噂が広まってしまったのです。それを聞いた美桜の上司が、美桜のパート契約の更新はしないこととしました。一方、妻の優奈も私が相変わらず帰りが遅いのを不審に思い、前に尾行して見た女性を、私の会社の出口で待ち、後を付けて、人通りが少ない公園にさしかかったところで声をかけ、「自分は修二の妻だけど、どうして不倫するの」と質したそうです。

美桜は「修二さんとは相思相愛だからよ。でも、修二さんをあなたから奪おうとは思っていないわ。私は修二さんと一緒にいれば幸せだわ」と言ったそうで、優奈は「修二はあなたのせいでおかしくなってしまったのよ。会社でも成績が悪く課長を降格させられたわ。このままじゃ、あなたも私たち家族も崩壊するわ。だからもうあなたは修二に会わないで」と言うと、美桜は「確かに修二はエリートコースを歩んできていたが、最近成績が悪く降格されたみたいだから、家族と私を養うのは無理ね。わかったわ、私はパートも解約されるので、実家の九州に帰るわ」と言って別れたそうです。

この話を帰ってきてから聞くと、私は、わかったと言ったものの思い詰めてしまいました。その後、私は会社で失敗を繰り返し、上司から「どうしたのだ、このままでは、おまえをさらに降格させ、窓際の部署に異動させるぞ」と言われ、実際に窓際の部署に異動させられました。

私はいろいろと考えたが、このまま会社にいてもすでに会社に必要ない人材と評価されているので、退職を決意し退職届を上司に出してしまいました。

愛子番人　あなたが会社を退職することを妻の優奈さんに相談しなかったと言って、大げんかをしたのですね。

心思野中　あの時は、あのまま会社にいても昇進・昇級は望めず、他の社員から不倫男として見られ、会社に行くことがほんとうにいやになったのだ。妻の優奈に相談しても、考え直せと言われるのがおちだと思い、優奈にも相談せずに会社を辞めたのです。

大井番人　そしてあなたたち夫婦は離婚されたのですね。

心思野中　はい、そうです。離婚して私は美桜を追って九州に行きました。そして、二人での生活を始め、私は就職活動を始めましたが、なかなか良い就職先は見つからず、やっと見つかった仕事は、スーパーのバックヤードの仕事で、朝の九時から一八時までの肉体労働が多い職場でした。一方、美桜は、居酒屋に務めていて、一七時から二三時までの時給のパートでした。

大井番人　このため、私と美桜が顔を合わせるのは、美桜が帰ってきた二三時からで、美桜は時々、お客様に誘われて帰りが○時をすぎることがありました。
これに対し、あなたは、同棲した最初の頃は、美桜さんが帰ってくるのを待っていたが、美桜さんの帰りが午前○時すぎが続いた時、もう一人で待っていられないといって居酒屋に行き始めたのですね。

心思野中　もう、一人で待っているのも飽きたのです。

大井番人　その後、あなたは、居酒屋だけで収まらず、バー、キャバレーに行き出したのですね。

心思野中　はい、そうです。それで、美桜との同棲生活も荒んで、美桜とのけんかも毎日のように続きました。そして私は、スーパーの仕事も辞めて、昼はパチンコ、夜は居酒屋で過ごすことが多くなったけど、自分のお金は徐々になくなり、終いには美桜にたかるようになってしまいました。

大井番人　そして、ついには、美桜さんからも見放され、生活に困窮して、ビルの上から飛び降り自殺を図って、ここに来たのですね。

心思野中　はいそうです。

愛子番人　奥様の優奈さんや子供たちがかわいそうです。

大井番人　こう振り返ってみると全てあなたが悪いのですね。あなたは最初に、どうしてこうなってしまったのか、と言いましたが、あなたの人生は全てあなたが間違った判断をしたからです。あなたの判断は、このような惨めな人生になるようにあなたが決めたのです。

心思野中　えっ、どこで間違ったのですか?

大井番人　では教えましょう。第一の間違いは、三星物産で美桜さんと再会して食事するところまではいいのですが、その後も声をかけ、デートやホテルに行った所です。あなたには、すでに優奈さんという素敵な奥さんと、元気でかわいい男のお子さんが二人もいるのです。自分のことだけでなくもっと家族を大切にしなくてはいけないのです。離婚するなどもってのほかです。
そして、次は、美桜さんに思いを入れすぎたところです。仕事と私生活は切り離して考え、仕事中は、その仕事に集中しなくてはいけなかったのです。特にあなたは、三星物産の出世頭だったのですから。
あと美桜さんと同棲してからのことで、同棲自体、芳しいものではありませんが、ここまで美桜さんを追ってきたならば、最後まで美桜さんを愛すべきです。美桜さんを幸せにするためにはどうしたら良いかもっと考えるべきだったのです。それは、就職する時も、美桜さんに会わせる時間帯の仕事を探すとか、美桜さんと一緒にできる仕事を探すとかです。あと、あなたの興味が酒やパチンコに向かったことは最悪でした。

こうして振り返ってみれば、あなたが肩を落としてあの世に来たのは自業自得というものです。わかりますか？　心思野中修二さん。

心思野中　わかりました。全て、私が悪かったのですね。

大井番人　では、反省したら、あの夜行きの列車に乗ってください。

愛子番人　大井番人、ちょっと待ってください。この心思は最悪です。今、あの世行きの列車に乗せるべきではないと思います。

大井番人　心思野中、愛子番人があなたのこの世での対応は最低だといい、あの世ではなく邪鬼の世界に行かせるべきだと言っています。

心思野中　あの世ではない、邪鬼の世界とはどのような世界ですか？

大井番人　そこは、あなたが自殺しようと思った時、回りの人からばかにされたと思ったでしょう。それと同じで、邪鬼に囲まれてあなたは、ずっと邪鬼から馬鹿にされたり、早く死ねとか言われ続け、そして、ビルから降りて地面に叩き付けられたような痛みを感じたと思うが、それと同じような痛みを邪鬼からの暴力で受ける場所です。

心思野中　えっ、そんなのいやだ。なんとかあの世に行かせてください。

大井番人　愛子番人、心思野中がこう言っていますが、どうしますか？

愛子番人　あの世でまた間違った判断をした場合は、心思親王にここに戻してもらって邪鬼の世界に行ってもらうことにしましょう。

大井番人　それがいいですね、心思野中修二、あなたはあの世に行って、この世でしてきたような間違った判断をした時は、心思親王が邪鬼の世界に連れ戻しますのでそれを承知してあの世の列車に乗ってください。そして、あの世でも間違った判断をしないようにしてください。

愛子番人　心思野中に対し、最後に伝えたいことがあります。それは、人は誰でも過ちを犯すものです。また、人を愛するものです。でも、間違いを起こさないように、恋愛も時には立ち止まり冷静に考えて、間違った愛をしないように、人は理性を働かせるものです。あなたは、その理性をなくし、自我の思うままにことを進めたからこの結果になったのです。これからは理性を働かせるように努力してください。

心思野中　はい、わかりました。

と言って、あの世行きの列車に乗りました。

第6話

夢の宇宙飛行士

心思中山翔：宇宙飛行士

俺は日の丸ロケット開発を成功させ、火星探索ロケットで火星に向かっている。一瞬目の前が明るく光り輝いたが、今は何もない無の世界だ。ここはどこだ、火星か、と大井番人に話しかけたのは、心思中山翔、四五歳でした。

愛子番人　ここは火星ではありませんよ、あの世の入り口です。私はあなたをどこかで見たことがあります。

心思中山　私は、宇宙飛行士です。

大井番人　あっ、そうか、月への着陸、そして地球への帰還を成功させた宇宙飛行士ですね。あなたがＪＡＸＳＡに勤務し、その後民間宇宙開発会社スペースワンに転職、そこで月へのロケット開発にチャレンジして起死回生の技術開発により成功し、日本の技術がアメリカや中国に追いつくところは、この世で見ていましたよ。日本の誇りだと思いました。その後、どうされたのですか？

心思中山　月への着陸、そして地球への帰還を成功させた後、火星にチャレンジしました。そして、火星への着陸を目指してロケットで地球を飛び立ったところまで記憶はあったのですが、その先がわからないのです。今でも火星に行きたいと思っています。でも、どうして私は今、ここにいるのでしょう。

大井番人　ここはあの世の入り口です。どうしてあなたがここに来たのか見てみましょう。

中山翔は、スペースワンに転職後、スペースワンのロケットの弱点であった、ロケットエンジンの出力不均衡を均等に出力する技術を進化させ、日本の民間ロケット市場を確立させました。この時は日本中が、月への着陸、地球への帰還を行う、民間宇宙ロケット「サイロス」の成功を喜び、中山翔は多くのテレビ番組に出演し時代の寵児でした。

大井番人　その後あなたはどうされたのですか?

心思中山　私は、月の次は火星だと思い、火星探査機の開発に取組みました。まず、火星はどんなところかを確認しました。火星は地球と同じく岩石でできています。また、恒星の太陽の周りを回る惑星であることも地球と同じです。大きさは直径が地球の半分ほどで、二酸化炭素を主成分とする、ごく薄い大気に覆われていて近年確認されたところでは海はありません。昔は海があったような形跡が発見されています。火星の表面は、岩石や砂が酸化鉄（赤さび）を含んでいるため全体的に赤っぽく見えます。また、ところどころに黒っぽい模様があります。これは岩石の成分の違いや地形の影響によると見られています。火星表面で時おり発生するダストストーム（砂嵐）などによって、模様は薄くなったり見えなくなったりしています。火星の北極と南極には、極冠と呼ばれる白い部分があります。これは水の氷や二酸化炭素の氷（ドライアイス）などでできたものです。火星の自転軸は二五度ほど傾いていて火星には地球に似た季節変化があります。極冠は、季節による温度変化によって蒸発したり凍ったりするため、大きくなったり小さくなったりします。平均気温はマイナス六三度で最高温度は三〇度、最低温度はマイナス一四〇度です。決して過ごしやすいところではありません。しかし、火星から見る地球は、今の地球で見る月のようで、それも青い地球がすごく美しく見えます。

私は、この火星に行きたくて、ロケットの開発を進めました。月への成功を基本に技術開発を行いました。そして開発が終わり、火星に向けてスペースマース一号が打ち上がりました。ここまでは覚えているのですが、失敗してロケットが爆発したのですか？

大井番人　そうです。ロケットが打ち上げられ、第二ロケットに点火された直後に爆発しました。

心思中山　明るく光り輝いたのはロケットが爆発したのですね。

大井番人　はいそうです。

心思中山　どうして爆発したんだろう？

大井番人　では、ロケット失敗した後の民間宇宙開発会社のスペースワンを見てみましょう。

スペースワンでスペースマース一号のロケット開発部長である西崎浩一が、ロケット失敗後、プロジェクトメンバーを集め、次の指示を出しています。エンジン担当、構造担当、部品担当、飛行担当などに、月と火星の外部環境および内部環境の変化の違いを洗い出し、爆発の原因を洗い出すように指示しています。

そして一週間後その結果が発表され、エンジントラブルであることが西崎部長から発表されました。

心思中山　エンジントラブルか……

とひと言つぶやき、大井番人に、

心思中山　エンジンは私が中心に開発したものです。しかし何でだろう。

とまたつぶやきました。

大井番人　では、スペースマース一号の開発経緯を見てみましょう。

スペースワンでは、「サイロス」の月への着陸、帰還が成功した後、火星への着陸、帰還するプロジェクト、スペースマースプロジェクトが発足し、エンジン開発は中山翔が責任者として抜擢されました。中山翔は、過去にエンジン爆発を起こした原因と思われる燃料の異常燃焼と断熱材の断熱不良の改善に取組みました。

大井番人　燃料の異常燃焼は液体水素と液体酸素を混合してエンジン内に送り込むがその割

合、タイミングなどをコンピュータでデータを確認して最適な状態を見つけ出したとプロジェクトメンバーがあなたに報告していますよ。また、断熱材の不良も、数多くの実験で断熱効果を高めた部材に変更していますね。

心思中山　ええ、この時はやれることは全部やったと思っています。

大井番人　一人のプロジェクトメンバーが、液体水素のバルブの耐熱効果を高めることを提案していますが、あなたは、その耐熱効果は月への「サイロス」の成功で大丈夫だと判断されたのですね。それに開発スケジュールも終了時期が迫っていましたからね。

その後、スペースワンの西崎部長は、エンジントラブルの原因をエンジンに水素を供給する液体水素バルブの耐熱不良により爆発した可能性が高いと発表されました。

大井番人　プロジェクトメンバーが液体水素のバルブの耐熱効果を高めることを提案していたことを素直に聞いて対応すればよかったですね。

心思中山　そうか、月と火星とでは距離が違うのでエンジンもパワーアップさせたので、水素バルブも耐熱性を含めパワーアップをしなくてはいけなかったのか。私がそこに取り組まなかったことがいけなかったのですね。皆さんに迷惑をかけてしまったなぁ。

大井番人　宇宙開発には失敗がつきものです。しかし、失敗は人災の前に済ませておくことが最も重要なことです。それが今回できなかったことが悔やまれます。

愛子番人　あなたは、清々しくカッコ良すぎます。それではあなたは、この世に未練はもうありませんか？

心思中山　いや、家族の期待を裏切ってしまい、特に、息子の壮一朗の夢を壊してしまい申し訳ないと思っています。

愛子番人　そうですか。それでは、スペースマースの発射するところから見てみましょう。あそこに、奥さんの奈津美さんと長男の壮一朗さんと長女の瑠衣さんがいますよ。

壮一朗さんがお母さんに言っています。「お母さん、お父さんは必ず火星に着陸して地球に帰ってくるよ。だってお父さん、僕に約束してくれたもん」

奈津美さんも「そうね、必ず成功するよね」

「お母さん、僕も大人になったらお父さんみたいな宇宙飛行士になるんだ。いいよね」

「いいわよ、そのためには一生懸命勉強しなくちゃね」

大井番人　あっ、いよいよロケットが発射するところですね。

一〇・九・八・七・六・五・四・三・二・一・ドドドシュー　空に向かって打ち上がりました。

わー、すごい…… ドーン・あっ……

二段ロケットに点火後、ロケットは爆発しました。

壮一朗はお母さんに「爆発しちゃった、お父さん大丈夫かな」

奈津美さんは、壮一朗と瑠衣を抱き寄せ、無言で、爆発のあとを見ていたが、その後、目に涙を浮かべ、放心状態になりました。

その後、スペースワンの社員が迎えに来て、自宅まで送っていただいています。

葬儀告別式では、奈津美さんが喪主となり、壮一朗君が弔辞を読みました。

「お父さん、お父さんは、サイロスの月への着陸、帰還を成功させ、今度は火星にチャレンジしてすごい人だと尊敬しています。でもお父さんは宇宙開発に取組みながら、僕と瑠衣にも時間を割いて話をし、いろんな所に連れて行ってくれたね。ぼくは、これから、お父さんを見習い、宇宙飛行士になるように頑張り、火星に行ってくるからね。お父さんが火星に行くという約束、今度は、僕がおとうさんに約束するから見ていてください。家族思いのお父さん、ありがとう」

愛子番人　壮一朗さんはいいこと言いましたね。お父さんとの約束、果たされなかったけれど、もう、それを乗り越え、今度は、壮一朗さんがお父さんに約束していますよ。

いいお子さんで良かったですね。

心思中山　壮一朗、ありがとう。これで私はこの世での悔いはありません。
　と言って涙を流しました。
愛子番人　中山翔さんは、清々しくカッコいいです。
大井番人　でも、失敗は人災の前に済ませなくてはいけない。今回のロケットには、あなたの他四名が乗り込んでいて、五名の命が失われたのだから。私はロケットに詳しくないが、全てをチェックし、実験し、無人でのロケットが成功してからでも良かったのではないかと思います。
心思中山　ほんとうにそうですね。反省します。
大井番人　では、あの世行きの列車に乗ってください。中山さんはあの世でも火星旅行ができるようにロケットを開発してください。と言って送り出しました。
愛子番人　大井番人は宇宙には興味あるの？
大井番人　もちろん興味はあるよ、でも、月や火星より、やっぱり青い地球がいいよね。
愛子番人　でも地球にいたら青い地球は見られないわ。どうしたら青い地球を見ることができるの？
大井番人　それは月や火星に行かなくても、地球の大気圏外にある人工衛星の宇宙ステーションに行けば見られるよ。

愛子番人　宇宙ステーションに行くにはどうしたらいいの？

大井番人　今は、ロケットで行くしかないけれど、いろんな国でロケット開発が進んでいるので、将来は、お金を出せば誰でも宇宙旅行ができるようになるよ。

愛子番人　そうなるといいわね。私が生まれ変わった時には、簡単に宇宙旅行ができる時代になっているかしら。

大井番人　そんな、近未来の時代に生まれ変われば良いけど、核戦争のまっただ中かもしれませんよ。あまり、期待は持たないようにしましょう。

愛子番人　そうですね、高望みはやめましょう。

と言って笑い合いました。

第7話

政治家の栄枯盛衰

心思中川正太郎：政治家

愛子番人　一人の心思がこちらに来ます。男性ですが、痩せて肩を落として来ますので、病に倒れた方だと思います。

あの世の入り口に心思中川正太郎が来ました。大井番人はどこかで見た顔だがすぐには思い出せませんでした。しばらくして、この人は、大井番人の選挙区から出馬して民自党参議院議員になった人だと思い出しました。

大井番人　どうされたのですか？　参議院議員はやめられたのですか？

と質問したところ、

心思中川　政治資金規正法違反で逮捕され、議員辞職せざるを得なかったのです。せっかく国会議員になったのだから、悪いことはせずにもっと国民のために真摯に政治に取組むべきだったのです。でも、どうして政治献金を報告せずに自分の懐に入れてしまったのか、今悔やんでもしかたがないが、その時どうして報告しなかったのか、自分の心境を見てみたいが見られますか？

大井番人　わかりました。では、あなたの過去の一部を見てみましょう。

中川正太郎は、実家のお父さんの新聞店に就職して、亡くなったお父さんの後を引き継いで遠州市市議会議員に出馬して政治家をスタートさせました。選挙戦では、企業誘致を積極的に行い市政の拡大とクリーンな政治を掲げて選挙戦を戦いました。お母さんや奥さんの沙希さんも応援してくれて、たまたまお父さんの弔い合戦であったこともあり、市議会議員の候補者の中でトップ当選で二七歳の若さで政治家になりました。

大井番人　あっ、あなたは新興産業の社長からお祝いと言って百万円をもらいましたが、奥さんの沙希さんに命じて返していますね。そして、お母さんや沙希さんにお中元や歳暮も過度なものは受取らないように指示していますね。さすがですね。そして、市政では、市の山並地区の工業団地造成には積極的に取組みましたね。市民の方も、若いのによくやると高評価です。

心思中川　ええ、市議会議員として精一杯頑張りました。

大井番人　市議会議員の任期は四年ですので、あなたは、二期八年市議会議員として活躍されて、次に静梨県議会議員に立候補されたのですね。

心思中川　はい、あの時は、遠州市の市勢は安定してきていたので、県政に着目して、県の予算が東部に多く集中していることに気づき、県全体に予算配分すべきと、県議会議員へ立候補しました。

大井番人　そして、県議会選挙では、獲得票は三番目でしたね。

心思中川　そうです。それで私は、知事に、東部の箱物に資金が集中していると予算配分の見直しを提案しました。他の県会議員も県知事の箱物建設重視を批判し県政の予算拡大防止に貢献しました。こうして県会議員の中でも信頼を高め、県会議員任期四年が終わり、全国統一地方選で民自党公認として県会議員二期目の選挙を迎えトップ当選を果たしました。

大井番人　そしてその二年後、参議院選挙があり、参議院選挙に立候補され、当選を果たしたのですね。

心思中川　はい、初めて国会議事堂に議員として入り、自分の席に着席した時は身が引き締まる思いでした。そして、国民の皆様のために頑張ると心に決めました。

大井番人　その後、参議院予算委員会でも、民自党議員として政府の方針に異議を申し立て、総理にもあなたのおっしゃる通り、とあなたの意見を検討すると言わせましたね。

心思中川　はい、このころまでは国会議員として日本国のためにと思い、情報を得るためいろいろな人とお付き合いを積極的に行いました。

大井番人　それがどうして三年目に政治資金規正法違反をしてしまったのですか？

心思中川　経理を任せていた秘書が、不動産会社からもらった政治資金三百万円の会計報告をしていなく、それを政治資金適正化委員会からの指摘を受けた際、不正はないと言い切ったが、あとで自分が調査した結果、会計報告をしていないことが判明しましたが、私はそのまま不正がないと証言し続けてしまいました。しかし、お

大井番人　金を提供した不動産会社からお金を渡した証拠が示され、参議院予算委員会で追及されることになり、結果、国会答弁で嘘を言ったため、政治資金規正法違反で逮捕されてしまいました。当然、民自党から除名処分を受けました。
嘘はいつかばれるものです。今思えば、政治資金適正化委員会からの指摘を受けた際、もっとしっかり調査をし、記載漏れがあったことを見つけ出し、記載漏れを詫びていれば、逮捕されずにいたし民自党から除名処分を受けることはなかったと思います。

心思中川　会計を任せていた秘書は、市議会議員の時から一緒に戦ってきた人だったので、なんとか汚名を避けることを優先し、国民に嘘をついてしまい警察に逮捕されました。嘘をつくということは、自分にその罰が返ってくるものなのですね。

大井番人　そうですよ。それから、民自党から除名を受けてからはどうされたのですか？

心思中川　もう国会内での信用は全くなくなり、マスコミからも攻められ議員辞職に追い込まれました。そして、もう国会議員になることはできないのでサラリーマンになろうと就職活動を始めました。しかし、すでに、国会議員で政治資金規正法違反をした人だと顔と名は知れ渡っていて、採用してくれる会社はほとんどありませんでした。建設会社の道路交通整理の仕事で雇ってくれたところがありましたが、同じ現場の人が、陰で、あの人は元国会議員だった人だけど今はこんな仕事をやっているよ、かわいそうに。との言葉が聞こえてきたり、あからさまに、元国会議員の先生だったら、真面目に仕事をしてくれよな、と言っていやな仕事を回してきたりして、いやになり、この建設会社も辞めてしまいました。そこからは、昼間やることがないのでパチンコへ行ったり、安酒を飲む生活になり、胃と肝臓にがんでき病院で死にました。

愛子番人　ご家族はその時どうされたのですか？

心思中川　参議院議員になった時までは、妻が一緒に助け合い、選挙では戦ってくれました。国会議員を辞職した時、私は荒れていましたので、妻や二人の子供に当たったりして迷惑をかけ、だんだんと妻や子供は私から逃げるように話もしなくなりました。そして、パチンコ屋でパチンコをしている時に、血を吐いて倒れ、病院に搬送され、胃がんと膵臓がんと診断されました。がんの進行が早くて、手術はできない状況でした。病院に入院してからは、妻や子が見舞いに来てくれましたが、入院後四ヶ月で息を引き取りました。

大井番人　ここまで記憶があれば、なんで、ここに来たか自分でもわかるでしょう。全ては、政治資金規制法違反をしないように秘書にも言い聞かせ、そして、過ちを犯して

愛子番人　しまったら素直に謝ることが大事だと、わかりましたか？ちょっと待ってください。県会議員になるまでは素晴らしい政治家だとわかりました。その素晴らしい政治家がなんで、参議院議員になって、政治資金規正法違反になったのか、その時のことをもう一度見てみましょうよ。ここは、あなたの参議院議員宿舎ですね、ここに、静西不動産の社長が来ています。

心思中川　あの時は、静西不動産の社長が、国主導の花博覧会をオランダなどヨーロッパの国が参加しやすいように花の館を建てるため、国の予算を追加で増やしてもらうようにとお願いしに来ていたのです。

愛子番人　あなたは、この花博に意見を述べることや予算配分に意見することができたのですか？

心思中川　はい、私は、地元の参議院議員として、この博覧会への口利きや予算配分に意見することはできました。

愛子番人　それでは、静西不動産からはいくらもらったのですか？

心思中川　三百万円を現金でいただきました。そして、私はすぐにこれは賄賂になるとのことですぐに秘書に命じ、返すように指示しました。私は、お金は返していたものと思っていました。

この時秘書は、参議院四年目の選挙が翌年に迫っていたため、現金を金庫に入れたまま、その年の期末まで収支報告書に記載せずにいました。

愛子番人　その後政治資金適正化委員会からの指摘があったのですね。

心思中川　はい、この時は、秘書が報告を怠ったなどとは思いもよらなかったので、委員会の人に、記載漏れはありません。とけんか腰に言ってしまったんです。でも、あとで自分で確認したら記載していないことがわかり、会計担当者になぜ記載しなかったのか確認しました。そしたら、会計担当者は、現金を受取った時、私が、「政治はお金がかかるな、これ、よろしく頼むな」と言ったと言い、裏金に使うものだと思い込んだそうです。

大井番人　その後どうなったのですか？

心思中川　政治資金適正化委員会は、私の会計報告に記載もれがあると指摘し、参議院予算院会で審議され、私は、会計担当者をかばい、記載漏れはないと言い張りましたが、その際、静西不動産から私宛にお金が渡された受取書が出され、これで、私は、政治資金規正法違反で逮捕されたのです。

愛子番人　参議院予算委員会の時は、あなたは、記載漏れの事実を知っていて、偽証されたのですね。
心思中川　そうなんです。なんで偽証したのか、今もわかりません。
大井番人　それは、あなたが、会計担当者をかばうか、参議院予算委員会で真実を発言するか、どちらが重要かの判断ミスを犯したのです。予算委員会で記載漏れを素直に認めていれば社会的批判は、拭われたのではないかと思います。政治家は金に溺れてはいけないのです
心思中川　わかりました。反省します。
大井番人　それでは、あの世行きの列車に乗ってください。それでは、出発！
心思中川正太郎を送り出したあと、
愛子番人　よく政治家は金に溺れることなかれと言われますが、その通りですね。
大井番人　でも今回の件は、会計を任せていた秘書にしっかりと伝えていればこのようなことにはならなかったと思うのです。
愛子番人　そうね、言葉の伝え方って難しいわね。
大井番人　今回の場合は、収支報告書に記載してくださいの一言があれば、会計担当者も記載しただろうと思うからね。
愛子番人　それに、人と人との信頼というか、思いやりというか、間違った信頼や思いやり

は、後で後悔することになるのですね。私たちも気をつけなくちゃね。

大井番人　私はいつも愛子番人のことを信頼し、思いやりを持って接していますがね。

愛子番人　それはわかっています。私も気をつけますのでこれからもよろしくね。

と言って笑い合いました。

第８話

ベンチャーの行く末

心思渡辺正樹：ITベンチャー企業社長

突然現れた心思渡辺正樹が、愛子番人に質問してきました。

心思渡辺　私はベンチャー企業を成長させ、やっと大手通信会社に対抗できると思っていた矢先、この世からあの世のここに来てしまいました。あなたは誰ですか？

愛子番人　あの世の入り口であの世行きの列車に乗せる番人をしている者です。あなたは、どうされたのですか？

心思渡辺　私は、二五歳の時サイバー攻撃撃退ソフトを開発して、一躍、業界の異端児として認知され自分の会社を立ち上げ株式公開も果たしました。しかし、大手通信会社のＮＴＤＩがＴＯＢをかけてきて、負けてしまい株を手離しました。そのお金で、ベンチャー企業の株を購入し、その大株主となり、社長になって、大手通信会社に対抗しようとしましたが、プライベートジェットが墜落してここに来てしまい、悔いが残っています。私は、今まで必死で努力してここまで来たのに、そして大手通信会社に肩を並べることができたのに残念です。

大井番人　そうですか。あなたの努力の過程を見てみましょう。

あなたは、大学生の時に友達の島田誠剛と共にパソコンソフトの研究をしていて、特にランサムウェアのサイバー攻撃撃退ソフトをディープラーニングを使って開発したのですね。

心思渡辺　はい、あの時は、寝るのも惜しんでパソコンに向かっていました。友達の島田誠剛とは一緒のアパートで暮らしていました。

大井番人　会社を立ち上げた時は、誠剛さんと一緒に立ち上げたのですか？

心思渡辺　はい、誠剛はどちらかというと技術屋で、会社は、私が親からお金を借りて立ち上げ、私が社長、誠剛が常務取締役でスタートしました。その後、ランサムウェアの被害が拡大するにつれて、私たちが開発したサイバー攻撃撃退ソフト「退治くん」が評判となり売上が伸びていきました。株式公開も果たし、私は、テレビにも出させてもらうようになりました。

大井番人　ここまでは、お二人の苦労が実り、絶頂期を迎えていたのですね。

心思渡辺　そうなんです。このまま、おとなしくしていれば良かったのですが、ＡＩでお得な通信会社を選択するソフトを開発して売りに出そうとしたところ、大手通信会社のＮＴＤＩがＴＯＢをかけてきて、負けてしまい株を手離したのです。

大井番人　ＴＯＢに負けた時はどう思われていたのですか？

心思渡辺　たいへん悔しい思いをしました。しかし、三〇億円の資金が手に入ってきましたので、私は、この三〇億円を小規模なベンチャー企業の通信会社Ｊログインに投資し副社長に就任しました。そして、アメリカの通信会社からも技術と資金の提供を受けて日本で本格的に通信会社を立ち上げていきました。

大井番人　そしてあなたは、この会社を立ち上げた社長に代わり、あなたが社長に就任したんですね。多くのテレビやマスコミがあなたへの取材に押し寄せていますね。そしてあなたは、ＮＴＤＩやハードバンクなど大手通信会社に宣戦布告をしたんですね。

心思渡辺　はい、この時は、アメリカの大手通信会社の支援もあり、日本の通信市場を大きく変えようと思っていました。それができるところまで来ていたんです。

大井番人　一度挫折を味わいながら、その後復活を果たし、日本の大手通信会社の仲間入りするところに来たことは素晴らしいことです。確かにあなたは頑張りました。しかし、あなたは、プライベートジェットで茨城空港から沖縄に向かうジェット機に乗り、そのジェット機が墜落してしまったのです。このことは運がなかったとしか言いようがありません。

心思渡辺　だから、私の会社が日本の通信会社の一角に入れたのに残念で仕方ありません。

大井番人　そうですか、それで、ここで悔やんでばかりいたのでは、邪鬼の世界で漂うことになります。

愛子番人　あなたは、確かに成功者です。しかし、あなたの人生の中で、反省しなくてはいけないことはなかったのですか？　一緒に会社を立ち上げた島田誠剛さんとはその後どうなったのですか？　会社を株式公開するかどうかのところを見てみましょう。

あなたは、誠剛さんに言っています。

「誠剛、おれは、もっと会社を大きくして株式公開をするぞ」誠剛は「そんなに大きくしなくていいよ、技術だけ他ではぜったいできないものを開発すればいいんじゃないの」

これに対し「いやぁ、俺はこんなもんで終わらないぞ、もっと会社を大きくして世間の人を見返してやりたいんだ」誠剛は「でも株式公開して、会社を大きくしたら、株主や他の大手がうちの会社に入ってくるのではないの」

「そんなのあたりまえだ、だから、俺とおまえで併せて半分以上の議決権の株を持つんだ」

愛子番人　この時の誠剛さんは、会社を大きくすることに反対でしたね。その後、何があったのですか？

心思渡辺　ＡＩでお得な通信会社を選択するソフトを開発していたのですが、ＡＩをソフトに組み込むために二〇億円が必要だったのです。それを、証券会社に相談したら、増資を進められ、ファンドがその増資に応じてくれるとのことだったので、増資をしたのです。

その後、本社ビルを購入するため五〇億円の増資を行い、気がついてみたら、増資で約一〇〇億円調達していたんです。この時は、資金調達ができて良かったと喜んでいたが、議決権行使ができる株数の割合は、誠剛と併せても三五％に下がってしまっていたんです。それを、大手通信会社のＮＴＤＩが、ファンドから株を買い占め、市場からも株を買い増し、五〇％以上の株を所有したのです。それでＴＯＢをかけてきて、そのＴＯＢに負けたのです。

愛子番人　それで誠剛さんとあなたはどうされたの？

心思渡辺　誠剛は、会社に残り、ＮＴＤＩ子会社に移った会社で働いているよ。今思うと誠剛には悪いことしたなぁと思っています。

愛子番人　悪いことしたなぁという、気持ちはあるのですね、安心しました。それであなたはどうしたの？

心思渡辺　俺は、この時の株を手放して入ったお金三〇億円を、ベンチャー企業につぎ込みました。

愛子番人　そしてあなたは、ベンチャー企業のＪログインの副社長で入り、その後、社長になったんですよね。社長就任のところから、見てみましょう。
ここは、Ｊログインの取締役会の会場ですね。あなたは、取締役会で緊急動議を出していますね。

「社長、いや議長、私から緊急動議を出させていただきます。このＪログインは大手通信会社の一角に入るべく活動してきましたが、一向に大手に食い込む気配がありません。これは、社長の企画力や決断力の無さにあります。よって、現社長の解任決議を上程いたします」

愛子番人　あなたは、この取締役会の前に、社長以外の取締役に事前にネゴしていたんですね。そしてこの緊急動議は可決され、あなたが社長になったんですね。

心思渡辺　はい、私には、この時すでにアメリカの通信会社から技術と資金の提供を受ける道筋ができていたのです。

愛子番人　問題はあなたの経営方針です。それを見てみましょう。あなたは、社長就任してすぐにアメリカに行き、アメリカの通信会社から技術と資金の提供を受ける段取りを進めたのですね。それに加えて、アメリカの大手通信会社の支援を受け、日本の通信市場を大きく変えようと思っていたのですね。

心思渡辺　はい、その通りで、アメリカでの交渉は順調に進みました。

愛子番人　しかし、大手通信会社の一角に入るには、まだまだ時間がかかると思い、あなたは、取締役たちの懸念がある中、強引に、ネット通販と金融に投資したのですね。その時の取締役会です。

「皆さん、聞いてください、当社は、大手通信会社の一角に入るため、アメリカの大手通信会社の支援を受けることになりましたが、通信だけの業務形態では、通信が不調になった場合打つ手がなくなります。そこで、私はネット通販と金融事業に投資することにしました」

他の取締役から「えっ、もう決めたの、ここで決めるのじゃないの」「強引すぎるよ」などの声が聞こえてきましたが、あなたは、「これで決定でいいですね」と強引に進めてしまいました。

心思渡辺　あの時は、ネット通販と金融は伸び盛りで、将来、グループを下支えしてくれることだと思っていました。

大井番人　それでは、あなたがいなくなった後のJログインを見てみましょう。

あなたがいなくなったJログインでは、後任社長の佐藤新一があなたが描いた道筋に則って会社を経営しています。

ここは五月のJログインの取締役会の会場です。佐藤社長が決算発表をしています。

「我が社は、アメリカの通信大手から支援もあり売上を伸ばしてきてはいますが、亡くなられた先代の渡辺社長が事業を拡大し、投資したネット通販や金融が思うような業績をあげることができず、赤字でグループの業績の足を引っ張っています」

大井番人　あれれ、時を進めて二年後の三月に佐藤社長が記者会見しています。

「Ｊログインは前社長が進めた多角化事業で、ネット通販や金融の業績が悪化し、グループの財務基盤を悪化させ当社自身での再建が難しくなり、本日民事再生適用の申請を行い裁判所から認可を受けました」

心思渡辺　えぇぇ！　そんなことになってしまったのか。

大井番人　そのようですね。それで、最後はどうなったか見てみましょう。

その後、再生支援として大手の一角であるＮＴＤＩが支援に乗り出し、吸収合併されています。大手通信会社の一角に入ることはできなかったようです。

心思渡辺　そんな結末になったのですね。俺が多角化を進めネット通販や金融に手を出したことがいけなかったんですね。わかりました。反省します。あと、私が乗ったプライベートジェットが墜落したのはなぜでしたか？

大井番人　では、そのフライトの状況を見てみましょう。

ここは茨城空港です。

プライベートジェット機に客として乗り込んだのは三人で、パイロットと副操縦士の二名の併せて六名が乗り込んでいました。離陸後、霞ヶ浦上空を旋回した時、ジェットエンジンの空気取り込み口に大型の鴨が吸い込まれてしまい、エンジンのバランスが崩れ、霞ヶ浦に墜落しました。

愛子番人　これは運が悪いとしか言いようがありませんね。

心思渡辺　ここで亡くなるということはどうしようもない運命ということですね。わかりました。

大井番人　それではあの世行きの列車に乗ってください。

　心思渡辺正樹を見送った後、

大井番人　今回の渡辺正樹さんの人生はスケールが一般の人とは違いましたね。それはどのような夢を見るか、夢の実現は思い描くことから始まるので、大きな夢を描くことが大切だなぁと感じました。

愛子番人　でもいくら才能があるからと言って会社経営は一人に任せてはいけないね、いろんな方向から、いろんな意見を聞いた上で、最良の判断をすることが大切ですね。

大井番人　そこの判断が難しいのです。

愛子番人　社長が、プライベートジェットに乗ったということもいけなかったのかしら。

大井番人　プライベートジェットの墜落は運が悪かったとしか言い様がありません。でも図に乗っていたことは否めないかも知れませんね。

愛子番人　そうですね。私たちも気をつけましょうね。

と笑い合いました。

第９話

特許の恩返し

心思加賀正太郎：蓄電池技術者

愛子番人　元気のいい心思が一人来ますよ。

と言ったらすぐに、

心思加賀　ここはどこですか？　あなたは誰ですか？　体が動けるようになった、しゃべれるようになった。

と喜んでたどり着きました。

大井番人　どうされたのですか？　お名前は？

心思加賀　私は、加賀正太郎と言います。不治の病の筋萎縮性側索硬化症にかかり、足や腕の筋肉がだんだんと衰え、次第に、言葉や、食事も自分でとれなくなってしまい、不自由だったのですが、ある時、一瞬暗くなり、遠くに明かりが見えたのでここに来ましたが、動いたり、話したりすることができるようになり喜んでしまいました。ここはどこですか？

大井番人　ここは、あの世の入り口です。あなたは、このままあの世に行きますか？　それともこの世に未練がありますか？

心思加賀　私はお世話になった方に恩返しをしなくてはいけないのに、その方が設立した会社に迷惑をかけてしまい申し訳ないと思っています。

大井番人　そのようなことは、よくある話ではないでしょうか？

愛子番人　加賀さんは優しい人ですね。

心思加賀　いえそうではありません。お世話になった会社の若社長とけんかしてしまいました。

大井番人　あなたにはこのままあの世行きの列車に乗ってもらってもいいのですが、あなたの未練を少し覗いてみましょう。あなたは大学を卒業してサン部品株式会社に勤務しましたね。ここは入社式の会場ですね。この時はまだ先代の喜多礼次郎社長が存命中で、この年は大卒五名、高卒一二名が同期で入社されたのですね。社長の訓示も新入社員への期待も大きいと述べていますよ。そして社長はあなたを指名して、入社後の抱負を聞いていますね。この時から先代社長はあなたのことを気にかけてくれたのですね。

心思加賀　そうなのです。それ以降もよく面倒を見てくれました。そのおかげで、私は、蓄電池の知識を思う存分に習得することができました。

大井番人　先代の喜多礼次郎社長が亡くなった時、告別式はたいへんだったでしょう。

心思加賀　そうなのです、私もお手伝いしましたが、先代社長とよく話をしていたので、もう会えないとなると悲しくてしかたがありませんでした。

愛子番人　その後、会社は先代社長の長男である喜多浩平社長が引き継いだのですね。

心思加賀　そうですが、新社長は、私が先代社長に気に入られていたのでライバルに接するように厳しく接してきました。
そんな中、私はＥＶの蓄電池で特許を申請しようと社長に話しました。社長は、「この技術は、あなたがこのサン部品で勉強し、サン部品の機械を使って実験して開発したものです。従ってこの技術はあなたの個人のものでなく、このサン部品の企業特許になります」と言われ、私は、この技術は自分が開発したものだと言い続けましたが、認められませんでした。

愛子番人　この時の会話を聞いてみましょう。
ここはサン部品の社長室です。
加賀正太郎は社長に「社長、やっとフッ化物イオン電池の充放電の劣化を抑えた技術が成功しました。特許の申請をしてください」
社長は「そうか、それはよくやった、すぐに特許申請をしよう、開発部長を呼んでくれ」開発部長に対し、社長は「この加賀正太郎君が開発を進めていたフッ化物イオン電池の充放電の劣化を抑えた技術を開発してくれました。すぐに、会社名で特許申請をしてください」と伝えています。開発部長は「社長、開発者名はいかがしましょうか?」社長は「それは、サン部品の企業特許としてください」開発部長は「特許申請の開発者名に加賀正太郎の名前は入れなくてよいのですか?」社長は「加賀正太郎君はサン部品の社員であるし、開発するための設備はサン部品の機械装置を使っているのだから当然企業特許だよ」と言っています。

そこで加賀正太郎は「社長、確かに、私はこの会社で蓄電池の知識を学び、新技術を開発するための設備は会社のものを使わせていただきましたが、一番重要な開発技術そのものは私が考えたものです。ですので、開発者名のところは、サン部品と共に私の名前を記入していただきたいと思います」

これに対し社長は「いや、これはあくまで会社が加賀正太郎君に給料を支払っているその対価として開発した技術です。このサン部品の機械設備もなければこの開発もできなかったのだから、企業特許なのです」と言われ、話し合いはこれで終わっています。

そして、企業特許として申請され、特許庁で受理され官報に掲載されました。

大井番人　その後、あなたは、どうされたのですか?

心思加賀　私は、特許申請に開発者として登録されなかったけど、技術を開発した者として評価してほしいと社長に申し出しましたが、何も会社は対応してくれませんでした。

大井番人　それはひどいですね、その時の社長の言動を振り返って見てみましょう。

ここは社長室です。

社長は開発部長に対し「開発部長、加賀正太郎が特許申請を開発した者として社内で評価してほしいと言ってきているのだがどう思う?」

開発部長は「社長はどう思われているのですか?」

社長は「私は、彼が先代社長に気に入られ、よく二人が楽しそうに話をしているところを見かけたが、そのころから、私は彼を気に入らないやつだと思うようになり、今回の特許申請も自分の名前を開発者名に入れろと言ってきた時も、ずうずうしいやつだと思っていたのだ。そして今度は社内で評価せよと言って来たので、何様だ、と思ったのだ、だから、社内評価はしないことにしたのだ」

開発部長は「そうであれば、私も社長に同調します」

愛子番人　二人はこんなことを話していたのですね。ひどいですね。

心思加賀　このことをきっかけに、私はサン部品の喜多浩平社長や開発部長との仲が悪化し退職しました。

そして、次に就職した加藤自動車エナジー株式会社でアルミニウムからフッ化物イオンの抽出に成功し、また、電池の充放電の劣化を抑えたセパレータの技術も開発し、今までサン部品がフッ化物イオン電池で売上を伸ばしていたが、今回開発した技術は、技術と価格でサン部品を上回るもので市場は加藤自動車エナジー社の製品に切り替わっていき、サン部品は大きな痛手を負いました。サン部品の喜多浩平社長からは正太郎に対し、お詫びの言葉と、ＯＥＭ契約の申し出がありました。

ＯＥＭ契約については、加藤自動車エナジーの社長に判断をまかせていたので、加藤社長に相談してくださいとサン部品の社長には伝えました。

しかし、この頃から、体調に異変を感じ、病院で診察を受けたところ筋萎縮性側索硬化症、略称ＡＬＳだと診断されすぐに入院しました。そしてだんだんと筋力が低下し、言葉も発することができなくなり自分で食べることもできなくなり、三年後に息を引き取り、ここに来ました。

大井番人　あなたの未練は、お世話になった先代社長の会社に恩返しすることですよね。

心思加賀　はい、そうですが。

大井番人　それでは、もう一度、サン部品の社長からあなたに対し、お詫びの言葉と、ＯＥＭ契約の申し出があった時の加藤自動車エナジーの会社内を見てみましょう。

ここはサン部品の喜多浩平社長が加藤自動車エナジー社に来た時のことです。

サン部品の喜多社長が「加賀さん、お久しぶりです」「喜多社長、お久しぶりです。めずらしいですね、喜多社長がここに来るなんて」

「いやぁ、加賀さんが、あれからも活躍されていて、また、ご協力お願いできないかと思いやってきました。その前に、加賀さんが当社にいた時に加賀さんを評価できなく対応が悪かったことをお詫び申しあげます」「もう、あれから時間もたち、世の中も変わっていますのであまり気になさらないようにしてください」

「そう言っていただけると、気が楽になります。ところで今日は、加賀さんにお願いがあって来ました」「どんなことでしょう」「はい、加賀さんがこの加藤自動車エナジーで開発された新蓄電池のOEM契約ができないかお願いにまいりました」

「新蓄電池のOEM契約の件は、ここの加藤社長に相談してみてください。私は、先代社長の喜多礼次郎社長にたいへんお世話になったので、個人的にはお受けできるのですが、この会社での特許申請は会社と私個人の両方で届け出していますので、加藤社長に相談してくださ い」と伝えています。

愛子番人　あなたは加藤社長に、サン部品の社長が来て、当社が開発した新蓄電池のOEM契約の申し出があったことを伝えています。それも、OEM契約を進めるようにお願いしています。この気持ちがあれば、もうサン部品への恩返しはできたのではないでしょうか。そして、もう少し時間を進めてみましょう。

加藤社長は、営業部長に「サン部品とのOEM契約を進めることにします。加賀正太郎君にもその旨を伝えてください」と言っています。この時、加賀正太郎はちょうど入院された時でした。営業部長は、あなたを探したけど入院したと聞いて、サン部品には営業部長がOEM契約を進める旨伝え、その後の対応は営業部長が行っています。

大井番人　もう少し時間を進め、二ヶ月後です。OEM契約が締結され、サン部品の社長も胸をなで下ろしています。

愛子番人　これで加賀正太郎という元サン部品社員の会社への恩返しはできたのではないでしょうか？

心思加賀　そうですね。でも、なんで私がこの難病の筋萎縮性側索硬化症になってしまったんでしょう。

大井番人　ええ、話題はそこにいくのですか。それは、あの世でもこの世でも原因がまだ発見されていないのです。人にはどうしようもないことがあるので諦めるしかないのです。それとも、未練を残して邪鬼の世界を漂いますか？

心思加賀　わかりました。あの世行きの列車に乗ります。お世話になりました。

愛子番人　加賀正太郎は礼儀正しい素晴らしい人ですね。こんなに素晴らしい人が、難病の筋萎縮性側索硬化症になるなんてこの世の中、何とかならないのかしら。

大井番人　人には運命というどうしようもできないことがあるのです。我々も運命に逆らわないで、この番人の仕事をやり抜きましょう。

と言って、愛子番人に笑顔を向けました。

第 10 話

プロゴルファーをめざして

心思中村喜一：ゴルファー

大井番人と愛子番人は、亡くなった人が心思になってあの世の入り口に来た時は、この世でどんなことをしてきた人か、心思親王から情報が入ることもあります。今、手元に届いた情報では、今度来る心思はプロをめざすゴルファーだとわかりました。その情報の内容は次の通りでした。

中村喜一は親の影響により中学でゴルフに興味を持ち、高校はゴルフ部のある高校に通いました。高校卒業後はゴルフ練習場で働きながらゴルフの練習を行い、アマチュア選手権大会など、プロでなくても参加できる大会に積極的に参加しました。高校を卒業後一年たった時にティーチングプロの資格を取り、ゴルフ場の給料とティーチング料で生活をまかなっていました。しかし、そんなに多くの収入ではなかったので、ツアープロを目指そうと思い始めていました。

アマチュア大会での成績は、最初の頃は一〇位前後が多かったのですが、二年後には三位以内に入ることができ、中には優勝する大会もありました。そしてその年に参加した静岡県大会では三位に入賞することができました。また翌年は、準優勝で東日本大会に参加し八位でした。その翌年は、静岡県大会は準優勝、東日本大会は三位で全国大会に参加しました。

初めての全国大会で、緊張したせいもあり二五位で上位入賞はできませんでした。その翌年でした、東日本大会で三位に入り、全国大会に出場し、準優勝になりました。そこで、プロ転向をめざしプロ試験を受けました。最初の年は第二次プロテストまで行きましたが、最終プロテストに行くことはできませんでした。翌年もプロ試験を受験しましたが、最終プロテストに行くことができませんでした。三年目でやっと最終プロテストまで行きましたが、そこで、凡ミスが出て合格することができませんでした。そして四年目を迎えプロ試験に向けて一生懸命トレーニングを行い、プロテストに望みました。そして最終プロテストでラウンドしていた時、胸が急に激しく痛み、救急車で病院に搬送され、病名は心筋梗塞で亡くなりました。

　こうして心思中村喜一は、あの世の入り口に来ました。

愛子番人　突然の心筋梗塞で亡くなられたので、ツアープロを目指していたあなたは、この世では未練が残っているでしょうね。

心思中村　勿論、プロテストに合格したかったことと、なんでこんなに早く、私が心筋梗塞で死ななくてはいけなかったのか、このことが残念でしかたありません。

大井番人　あなたは、心筋梗塞で急に亡くなりましたが、事前の予兆のようなことはなかったのですか？　心筋梗塞になりやすい人は、高血圧でたばこを吸い、糖尿病を患っていたり、ストレスがたまりやすい人が発症すると言われています。あなたはいかがでしたか？

心思中村　私は、二〇歳の健康診断で、心房細動の可能性があるとの結果を受けましたが、体調に変化がなかったのでそのままにしてしまいました。糖尿病の気配は、糖尿病予備軍の一歩手前でした。血圧は上が一四〇で、下が九五でした。少し下が高いかなと思っていましたが、次に計った時は上が一三五で下が九三だったので少し下がっているのでいいのかなと思い、精密検査を受けないでいました。そして、たばこは、ゴルフ練習場に行き始めたころから毎日二〇本くらい吸っています。

愛子番人　ストレスはたまりやすい方ですか？

心思中村　はい、たまりやすい方です、ストレスに弱いタイプです。

愛子番人　それはどんな時に感じるのですか？

心思中村　初めてストレスを感じたのは、ゴルフの静岡県大会の時でした。前半のアウトコースの時はよかったのですが、後半のインコースに入り、だんだんとストレスを感じてきました。ドライバーを打つ時はそんなにでもないのですが、パターの時ストレスを感じました。

愛子番人　どのようにストレスを感じるのですか？

心思中村　私は、いい成績を出したい、同伴競技者に負けたくない、大会で優勝したいという思いが強すぎて、このパットを入れればバーディーだと思って強めに打ってしまったり、この短いパットで、同伴競技者に勝てると思ったとたん、緊張してしっかりと打てなく外してしまうことがよくあるのです。このような時には、心臓の鼓動が大きく感じることがあり、ストレスだなと感じていました。

大井番人　それでは、二一歳の静岡県大会で準優勝した時を覗いてみましょう。

この日インコースは順調でした。前半を終わって同伴競技者の宮島颯太選手と二人で一位で並んでいました。三人の同伴競技者と笑いながら話をしています。

午後のアウトコースでは、だんだんと会話が少なくなってきました。一六番のグリーン上では、ショートホールであわやカップインという素晴らしいショットでした。

心思中村　この時は、この日一番のショットが打てました。

大井番人　これで難なくバーディーで、二位に一打差のトップに立ちましたね。

心思中村　しかし、一七番がいけませんでした。トップに立ったことから優勝を意識してしまいました。ドライバーが少しぶれて、林に入りかけました、ここはミドルホールでなんとか、グリーンエッジまで第二打を運びました。第二位の同伴競技者の宮島颯太が二オンして楽々バーディーを取りました。私は、グリーンエッジからパターで寄せてなんとかパーにしました。

大井番人　これで、あなたと宮島颯太がまた一位で並びましたね。

心思中村　はい、そうですが、この時のグリーンエッジからのパットの時、心臓の鼓動の高まりを感じ、早く打たなくてはいけないと思い、高低差を甘く見てしまいましたが、この時は逆に芝目が効いてカップに近づきました、ラッキーでした。

大井番人　次の一八番ですが、ロングホールで二打目が勝負の分かれ目になることが多いところで、あなたは、グリーンの左隅でしたが二オンさせましたね、宮島颯太は三オンできずに、グリーン手前でしたね。

心思中村　そうでしたが、私はこの時、これで勝てたと思ってしまったのです。しかし、宮島颯太は四打目をパターでピンに寄せ、楽々パーにしました。勝負の行方は、私がパーを取れば勝ちという場面でした。
しかし、私は、三打目のパットの構えに入った時、これで優勝だと思ってしまい、パットに集中できなくなり、そのうち、鼓動の高まりが聞こえ、早く打たなくてはいけないと思い、下がり勾配を意識せずにパットをしてしまいました。パターから打ち出されたボールはカップを通り越して五メートルオーバーしてしまったのです。これで私はあと二打でもカップインすれば、宮島颯太とプレーオフになるところでしたが、心臓がまたバクバクしてきて気が動転し、この登りの折り返しパットをなんとか入れようと思ってしまったのです。そしたら、少し強めに打ったため、カップの横を通り過ぎ、約一メートルオーバーして止まりました。そして第五打は一メートルの下りのパットが残ったのです。私は、これを入れないとプレーオフに進めなくなり優勝もできないと思い始めました。そうしたらまた心臓がバクバクしてきてしまい、早く楽になりたいという思いもあり、下り坂なのでパターを軽くボールに当てただけでした。その下り坂のボールはカップの真正面であればカップインするのですが、残念ながらカップの横をすり抜け約一メートル先で止まりました。これで優勝できなくなり、返しのパットはあまり意識せずにパットしカップインしました。これでボギーとなり、優勝を逃し準優勝となりました。

大井番人　残念でしたね、それで、この時に胸の痛みなどなかったのですか?

心思中村　今思うと、カップの上からのパーパットの時、心臓バクバクのあと、少し胸の痛みを感じていました。

大井番人　この頃から心筋梗塞の症状は出ていたのですね。

心思中村　そうですね、その後の東日本や全国大会の時も、後半残り三ホールくらいになると心臓がバクバクしていました。この時は、緊張するとみんなこのように心臓がバクバクするのかなと思っていました。

愛子番人　そうではないのですよ、みんな緊張して心臓はバクバクすると思いますが痛みはないのです。あなたは、健康診断を信じて精密検査を受けるべきだったんです。そして、この世のもう一つの未練だった、プロテスト合格ですが、四年目のプロテストを覗いてみましょう。

プロテスト四年目で、中村は知人や友人とお話ししています。もうこのテストに慣れてきた感じに見受けられます。

あっ！　アウトコースからのスタートで、第一打も好調ですね。アウトコースが終わり、三アンダーでした。この日アウトコースをアンダーで回ったのは三人しかいませんでした。

心思中村　そうなんですよ。この日も絶好調でスタートできました。インコースに入っても好調を維持していたかに見えましたが、鬼門の一六番ホールです。ティーショットでOBを出してしまい、ダブルボギーにしてしまいました。ここで、また、プロテスト合格は無理かと思いました。でも、最後までやれるだけやってみようと思い、一七番ホールに向かいました。あと二ホールで合格かどうか決まるということで、また緊張し心臓がバクバクしてきました。特に一七番ホールのパーパットでは、胸の痛みが出始めていました。一八番ホールに入り、痛みを感じながらもこのホールで終わりだと思い、我慢してティーショットとセカンドショットを打ち、サードショットはコントロールされて三オンしました。そして、グリーン上に上がった時、胸の痛みがひどくなってきました。なんとか最後までプレーを終わらせたいと思い、バーディーパットは痛みをこらえてカップをめがけてパットしました。そして、最後のパーパットの時、胸の痛みは強くなり、その場で転がり込んでしまいました。

大井番人　ここまではあなたは覚えていますね。ではこの先も見てみましょう。

ゴルフ場の人や大会関係者が大騒ぎしています。すぐに救急車を呼んでくださいという声や、彼のテストはどうしようとか話し合われています。一人の審査委員が、最後までプレーを見ていたが、彼は合格でいいのではないか、との意見が出て合格にしましょうということになりました。

大井番人　そして、あなたは病院で息を引き取ったのです。

その後、あなたの死はプロテストの審査員にも連絡が行きましたが、プロゴルファー合格証を送ることが決定されました。そして、三ヶ月後、あなたの仏壇に、プロゴルファー合格証が飾られました。

心思中村　私はプロゴルファーテストに合格していたのですね。ありがとうございます。もうこの世の未練はありません。あの世行きの列車に乗ります。

大井番人　それではこの列車に乗ってください。さようなら。

心思中村を送り出した後、愛子番人は大井番人に、

愛子番人　プロゴルファーは華やかだけど厳しい世界ですね。プロゴルファーの資格を取るのもたいへんだけど、その賞金で生活できる人は、年間賞金が公表されるのでそれを見れば、プロゴルファーのごく一部の人たちだけなのね。それに日曜日によくテレビでゴルフトーナメントの最終日を見ていましたが、ほとんどの方がまっすぐにボールを飛ばし、グリーン上では難なくカップインを決めて大金の賞金や自動車などの副賞をもらっていましたが、ゴルフトーナメントで優勝するのはごく一部のプロゴルファーだけなのね。

大井番人　そうなのです。ゴルフは楽しいスポーツですが、プロとなると一部の選ばれた人しかなれなく、プロの中でも大会に優勝する人は一握りしかいません。プロゴルファーは華やかだが厳しい世界です。

愛子番人　大井番人はゴルフはやらないの？

大井番人　私は一時ゴルフもやりましたが、どうも小さいボールは性に合わなく、ラグビーボールの方が私には合っています。

愛子番人　大井番人はゴルフあまり得意じゃないのぉ。残念だわ、教えてもらおうと思った

のに。

大井番人　あの世にもゴルフ場はあるのかなぁ。

と言って笑い合いました。

第 11 話

大学教授への茨の道

心思木崎健二：大学准教授

俺はなんてひどいことをしたんだろう、と反省しながら、一人の心思があの世の入り口に来ました。

大井番人　お名前と、この世に未練があるかどうか教えてください。

心思木崎　私は木崎健二です。自殺してここに来ましたので、この世に未練はたくさんあります。それは、第一にどうして私は大学教授になれなかったのか、第二は、ライバルの安藤幸太になぜ負けたのか、そしてなぜ大学を辞めなくてはいけなかったのか、そして最後になぜ自殺しなくてはいけなかったのかです。

愛子番人　あなたは東西大学の准教授だったのでしょう。そんな頭のいい人がなんで自殺しちゃったの？

大井番人　愛子番人、まだその質問は早すぎるよ。まず、木崎健二さんの生まれてからの背景からお聞きしようじゃありませんか。

心思木崎　私は、神奈川県川崎市生まれで、地元の中学、高校でいつもトップ争いをしていて周りの人からは期待されていました。大学は、東西大学に入り、東西大学の大学院まで進みました。その後、就職先がなかったのでそのまま大学に残り、歴史の研究を続けました。

愛子番人　それで東西大学の准教授になったのですね。

心思木崎　はいそうです。私は、歴史の研究を東西大学の山崎源一名誉教授から指導を受け、研究を進めていましたが、同じくらいの年齢の准教授が次々と教授になってきているのに、私にはまったくその話がありませんでした。ある時、山崎名誉教授に、教授に引き上げてほしいと依頼したところ、その他人にすがるところがあなたの昇進を止めているのですよと諭されて、自分に与えられたことをしっかりと取組めばいずれは教授に推挙されますよと言われました。そしてその後も自分に与えられたことをしっかりと取組みましたが、なかなか教授になる話はありませんでした。

歴史の研究では、なかなか新たな研究成果が出にくいということもありますが、私は、ある時、歴史の研究でライバルの存在を知りました。その人は同じ大学の後輩で安藤浩太といい、メソポタミア文明の研究で成果を出している准教授でした。私は、この人に先を越されると思い、教授選考会が近づいた時、安藤浩太をわざとけがさせました。このことが、大学内で話題となり、山崎名誉教授や他の教授からも批判され、私は大学にいられなくなり、公園の木で首をつり自殺しました。

愛子番人　ひどいですね、それでは、たくさんある未練を当時に遡り見てみましょう。まずは、教授になれないことから見てみましょう。
ここは、教授選考会の場です。大学の人事担当が話をしています。
「今年教授に上がる対象の准教授は、物理学と文学と歴史学二名の計四名が対象です」物理学と文学の名誉教授はそれぞれ、予定通り教授に推薦しますと答えています。
歴史学の山崎名誉教授は「年は安藤の方が若いが、研究成果や人間的にも教授にふさわしいと判断しています。もう一人の木崎健二ですが、研究成果も目立ったものがなく、早く教授にあげてくれといってくる始末なのでまだ教授になる器ができあがっていません」

愛子番人　山崎名誉教授はこんなことを言っていますよ。

心思木崎　はい、私は、その年の前から山崎名誉教授から言われています。ですので、この一年は一生懸命努力してきたつもりなのですが、研究成果は確かに目立ったものはありませんでした。

愛子番人　研究成果がなかったことはあなたも認めているのですね。

心思木崎　無いものはないのですから認めざるを得ません。

愛子番人　次は安藤浩太になぜ負けたかですが、安藤浩太の行動を見てみましょう。

安藤浩太は、チグリス川が流れているイラクに来ています。メソポタミア文明の研究をしているみたいですね。現地の人と古代遺跡の発掘を行っていますね。あっ、大きな声が聞こえていますよ。木版が出土したみたいですね。そこに描かれていた絵から当時の鳥の捕り方を論文で発表したのですね。一部の歴史学者から評価されていますね。
加えて、その論文の評価に対し、「地元の皆さんの協力があったからこそ木版が見つかり、論文が書けました、地元のみなさんと一緒にイラクに行ってくれたクルーの仲間に感謝しています」と発表しています。

大井番人　安藤さんは周りの人に気を遣っていますね。あなたはこれを見てどう思いますか？

心思木崎　研究成果といい、周りの人への気配りといい、俺と全然違うな。今これを見ると彼が俺より先に教授になるのは仕方ないと思うよ。おれはなんでそこに気がつかなかったんだろう。

愛子番人　あなたは、さらに悪い行動を取ったみたいよ。大学を辞めざるを得なくなったところを見てみましょう。
あなたは、大学の人事担当に、事前に教授選考会の情報を聞き出し、今年は安藤さんが教授になりそうと聞いていたのですね。
あっ、あなたは大学から駅に向かうところの安藤さんのあとをつけていますね。歩道橋の階段を降りようとしている安藤さんの後ろに走って近寄り、階段の上から突き落としたのですね。安藤さんは、「ああぁ」といって階段の上から下まで転げ落ちていき、階段の下でお腹をかかえ、頭から血を流していました。あなたは、すぐに反対の階段を降りて逃げたのですね。しかし、あなたが安藤さんを突き落とした時、同じ大学の学生二人がそれを見ていたのです。その二人は、すぐに安藤さんのところに行き、声をかけ救急車を呼んでいます。

そしてその翌日、この二人の学生は、大学の事務長にこのことを話して、事件は大きくなりました。当然、警察の事情聴取もされましたが、あなたは黙秘を貫いたのですね。

その結果は、安藤さんが、突き落としたのがあなただと知って、警察での被害届を取り下げたのですね。しかし、大学でのこの事件は、教授会でも問題になり、とりあえず、あなたは謹慎処分を受けたのですね。

心思木崎　はい、そうです。大学では、会う全ての人が、自分を嫌う目で見ていて、もうここにはいられないと思い、辞職願を出してアパートに引きこもりました。

大井番人　安藤さんを突き落としたのは、わざとやったんですか?

心思木崎　大学の人事担当に聞いて、次期教授候補は安藤だと聞かされ、もう、頭にきてしまって。その日の午後、彼の帰るのを待ち伏せして、歩道橋階段で突き落としたのです。あきらかにわざとやりました。

大井番人　今となれば、ばかなことをしたなと思うでしょう。

心思木崎　はい、そう思います。

愛子番人　では最後の自殺したところは、あなたの記憶にないのですか？

心思木崎　アパートの自宅に入り、馬鹿なことをした、たいへんなことをした。と後悔し続けましたが、もう、どこに行っても自分をまともに見てくれない、これ以上生き恥をさらすのはいやだ、と思い、早く死にたいと思ったところまで覚えています。

愛子番人　では、自殺するところを見てみましょう。

ここは夜中の一二時のあなたのアパートの部屋です。

あなたは、何か捜し物をしているようですね。でも、目はつり上がり、息は荒く、もう正常な顔ではありませんね。やっと電気のつなぎコードを見つけましたね。あれれ、部屋中を探し回っていますね。結局、つなぎコードをもって外に行き、公園に来たんですね。

大井番人　ああ、そうか。アパートの部屋ではコードをかけるところがなかったのですね。それで、公園の木にコードをかけ自殺したのですね。

心思木崎　そのようですね。もう、大学にも世間にも顔向けできないと思って自殺しました。

大井番人　でも、あなたは自殺してはいけないのです。あなたは、自殺する前に自宅のアパートで馬鹿なことをした、たいへんなことをした、と後悔したじゃないですか。そしたら二度とこのようなことは起こさないと思いますので、あなたは、この地から離れて、遠くで新たな一歩を踏み出せば良かったのです。

心思木崎　そうですね。遠くに行けば良かったのですね。

愛子番人　あとあなたはもう一つ、この世で生きるための心得で失敗があります。それは、他人と比較することです。あなたは安藤浩太と比較して今回は自滅しましたが、人はそれぞれです。人には良い面と悪い面があります。他人に負けないように頑張るのは良いことですが、比較して他人を攻めることは決して良い結果にはなりません。

心思木崎　まったくその通りです。安藤浩太の活躍を応援するくらい心にゆとりを持ち、自分の研究をもっと真剣に取り組めばよかったと今思います。

大井番人　わかりました。それでは、あの世行きの列車に乗ってください。さようなら。

愛子番人　いくら学生時代に頭が良くても、社会の中で何が正しいのか、やってはいけないことなのかを理解しなければ、この世ではうまく人生を過ごすことができないのね。

大井番人　そうですよ、愛子番人も弁護士でしたので頭はいいと思いますので、社会勉強してくださいね。
愛子番人　そうですよね、今、ここに来て私は社会勉強をいっぱいしているわ。この世にもこういう社会勉強をするところがあったらいいのにね。
大井番人　そうだよね、今度、心思親王に会った時言っておくよ。
愛子番人　じゃあ、お願いね。
と言って笑い合いました。

第 12 話

精神科医の星

心思高島孝則：精神科医

大井番人　今度来る心思は有名な精神科医だそうだよ、愛子番人は知っている？
愛子番人　この世のテレビで何回か見たことあるわ。この先生の治療方法がこの精神科医の中でも見直されているそうよ。

少し落ち込んでここに来た心思高島孝則に、やさしく、

大井番人　どうされたのですか？
心思高島　ちょっと気を緩めた瞬間に患者に椅子で殴られここに来てしまいました。私には、この患者を更生させることができなかったことと、私が考えた精神科の治療方法を医療分野で生かせなかったことが残念です。
愛子番人　先生は、精神科医の中では日本をリードしてこられましたよね。
心思高島　ええ、あるところまでは精神科医の医療分野を高めてきたつもりです。
愛子番人　それでは、高島先生の成果を見てみることにしましょう。先生は、群馬県生まれで京東大学医学部を卒業されて附属病院の精神神経科にお勤めされていたのですね。
心思高島　はい、日本でも精神神経科ではトップクラスの病院で、勉強させていただきました。そのおかげで専門知識を学び、論文も書かせていただきました。大学病院では精神神経科の勉強をして脳と精神病を研究し、精神疾患の患者の発症を抑える

安定剤の抗不安薬を開発しました。

しかし、大学病院では私が開発した抗不安薬の投与を認めてもらえませんでした。

その時、駒込の精神科高取病院で高取院長が高齢で後継者を募集していることを知り、そこに申し込みをしました。話は順調に進み、五ヶ月後にその高取病院に入ることになりました。高取病院に入り一年間くらいは引き継ぎなどその病院のことを確認していきました。

約一年が過ぎたところで、私が開発した抗不安薬を患者に了解を得て処方し始めました。そして半年後には患者から成果が出ている報告を受けました。これで市販に向け製薬会社と話し合いを持とうと思っていたところ、この抗不安薬を投与している二五歳の男性、大山明人を病室で診ているところまで覚えていますが、その後のことがわかりません。

愛子番人

その二五歳の大山明人という患者はどんな人だったんですか？

心思高島

彼は、小学生から高校生まで、ずっといじめに遭っていて、高校卒業後、パン屋さんに就職し、パン職人を目指していたのですが、そのパン屋さんで働いている女性に声をかけたのですが、嫌われて、パン屋の店主からも叱られてパン屋を辞めてしまったのです。その後、印刷会社、食品スーパーで働いたのですが、女性との会話がスムーズに行えず、相手から嫌われて精神状態がおかしくなり、この病院に来ました。
最初の診断から私が診ましたが、おとなしい性格ですが、時々思い悩むことがあるようで、じっとしたきりで動かなくなることがありました。そこで私が開発した抗不安薬を飲ませて様子を見ることにしました。その後三ヶ月が経過して改善されたと思っていたのですが、あの日、診察の待合室で、先に来た患者の清水沙月に「かわいいね、あとで一緒に帰ろう」と声をかけたら、その清水沙月は「あなた誰？　声かけないで、気持ち悪い」と言われ、そこで精神状態がおかしくなったようでした。その後、順番が来て、彼の診察が始まりましたが、彼は、思い悩んでいて、受け答えがまともにできない状態でした。私は、その前に診察した清水沙月から、あの若い男性が声をかけてきて気持ち悪い、先生なんとかしてください。と言われていたので、大山明人に対し、彼女には声をかけないように、と話をして、カルテを見ようとしたところまで記憶があります。

大井番人　それでは、そのあとどうなったか見てみましょう。
ここは先生が大山明人を診察している診察室です。この時は先生と患者の二人きりだったのですね。看護師さんはいなかったのですか？

心思高島　丁度この時、看護師の神田智美さんは前の患者の清水沙月さんを送り出していたところだったのです。

大井番人　そうですか。その先を見てみましょう。

先生は大山明人に「彼女には声をかけないように」と言っています。

そしたら彼は、さらに押し黙ってしまいました。そして、先生がカルテを見るため机に向かって後ろを振り返ったところ、彼は自分の椅子を持ち上げて、先生に殴りかかっています。あっ！　その椅子は先生の頭に直撃され、先生はその場に倒れ、頭から血が大量に噴き出しています。そこに、神田智美看護師が戻ってきて、現場を確認し、「キャー」と大声を出して大山明人から逃げるように待合室に行きました。そして、先生が患者に椅子で殴られています。誰か救急車と警察に連絡してくださいと言っています。

大山明人は、先生を椅子で殴った後は放心状態でその場に立ちすくんでいます。しばらくして、パトカーと救急車が駆けつけ、先生は病院に搬送され、大山明人は警察に連れて行かれました。下村警部が伊藤省吾医師や神田智美看護師から事情聴取をして警察に引き上げていきました。

愛子番人　突然殴られ避けることができなかったのですね。高取病院は何名体制で運営していたんですか？

心思高島　精神科医が私以外に伊藤省吾医師が一名、看護師が男性一名、女性五名、受付事務員が二名の合計一〇名の病院でした。
大井番人　精神科の病院では、患者と先生を一：一にしてはいけないのではないでしょうか。
心思高島　そうです。看護師を診察室に入れておかなければならなかったので、私のミスなのです。
愛子番人　先生のこの世の未練は、この殴りつけた患者の更生と精神科の治療方法を医療分野で生かせなかったことでしたね。では、この大山明人がどうなったか見てみましょう。

ここは、警察内です。

下村警部が佐々木検察官に「この犯人は、高取精神科病院の伊藤医師に確認してきたのですが、彼は、心神喪失者だと診断されています」佐々木検察官は「心神喪失者かぁ、不起訴にせざるを得ないな」下村警部は「でも、彼は精神科医の先生を椅子で殴り殺しています。不起訴で釈放したら危険です」佐々木検察官は「当然身柄は確保して警察病院で見て、隔離が必要か判断してもらうことになります」
愛子番人　心神喪失者が犯人の場合は、その被害者の方はかわいそうですね。あなたはもうここに来てしまったので仕方ありませんが、あなたのご家族はもっとかわいそうです。ご家族は何人ですか？

心思高島　ええ、妻と小学校の子供が二人おります。

愛子番人　奥さんやお子さんへの悔いはありませんか？

心思高島　当然、悔いはあります。もっと妻と子供と一緒に過ごしたかったです。

愛子番人　あなたが亡くなった後のご家族を見てみますか？

心思高島　はい、お願いします。

大井番人　ではあなたが、患者から椅子で殴られ救急搬送されたことを奥様が知ったところから見てみましょう。

奥様はこの時、買い物から帰られた直後でした。電話に出ていますが、すぐに「えっ、嘘でしょう」と言い、「病院はどこですか」と聞いています。そして「すぐ行きます」と言って電話を切っています。

その後、病院に着き手術室から高島先生が出てくるのを待っていて、手術が終わり出てきた医師からの言葉に驚きました。「奥様ですか、ご主人はこのたびはたいへん残念な結果になってしまいました。椅子で殴られたようですが、打ち所が悪く、できる手当は尽くしましたが、残念ながら息を引き取られました」奥様は「えっ、嘘でしょう」と言って顔面蒼白になりました。そして手術室から出て霊安室に入った高島先生に、「あなた、あなた」と声をかけた後泣き崩れました。
愛子番人　この場面は悲しくて見ていられません。私も涙が止まりません。
大井番人　心思は涙がでないはずですが。
愛子番人　心思も悲しい時は悲しいのです。子供たちにお父さんが亡くなったのを伝える時も悲しかったと思います。そして、葬儀、告別式を終わらせた後、警察からはなんて言われたのでしょう。その場面を見てみましょう。
　下村警部が、自宅を訪問され説明がありました。「奥様、このたびはたいへんなことになりご愁傷様です。そして、今回の事件について、取り調べを行って参りました。今日はその結果をお伝えしに参りました」
　奥様は、警察の二名の方を応接室に案内し、お茶を出して、続きの話を聞くことにしました。下村警部は、「今回の事件は、犯人は明らかに大山明人という患者で、椅子でご主人を殴り死に至らしめたのですが、この大山明人は心神喪失者で、責任能力が無いとして不起訴の無罪になります。奥様やご家族の方にとってはたいへん残念な結果になってしまいました」と伝えています。
心思高島　そうすると、私の家族は犯人からの賠償は受けられないということになったのですか。

愛子番人　その通りです。民法七百十三条において、精神上の障害により自己の行為の責任を弁識する能力を欠く状態にある間に他人に損害を加えた者は、その賠償の責任は負わないとしています。

心思高島　そんな、理不尽な。

愛子番人　ただ、民法七百十四条では、その賠償責任は管理監督者の監督義務として賠償することとなっています。しかしながら、今回のケースでは、病院の診察中とのことから、管理監督者の親から、精神病院の医師に対し管理を移譲したとみなされ、親からの損害賠償は受けられませんでした。

心思高島　ではうちの家族はまったく賠償が受けられなかったのでしょうか？

大井番人　加害者からの賠償は受取ることができませんでした。しかし、病院の経営者保険やご自身がかけていた生命保険は受取っています。

心思高島　そうですか。少しは安心しました。

大井番人　大山明人とあなたが開発した抗不安薬がその後どうなったのか見てみます。

大山明人は、警察病院に入院し、処方を受け三年後に退院しています。その後三〇歳の時にくも膜下出血で亡くなっています。

抗不安薬は、高取精神科病院の伊藤医師が高島先生の研究を引き継ぎ治験を重ね、特許を取り製薬会社と契約し販売されました。伊藤医師がその製薬会社からいただいたお金の一部を高島先生の奥様に渡しています。奥様も伊藤医師と高島先生に感謝していますと、墓前に花を手向けながらお参りしています。

心思高島　そうでしたか、私の家族も伊藤医師に支えてもらっていたのですね。安心しました。これでこの世の未練ありません。

愛子番人　では、あの世行きの列車に乗ってください。さようなら。

大井番人　今回の高島先生を見ていると、医師は患者の思いをよく見極めて診察することも大切なんだね。

愛子番人　それはそうね。でも医師のご家族の方もたいへんですね。

大井番人　高島さんの場合は、病院の経営者保険やご自身がかけていた生命保険があったから良かったですが、これらがない方は、何も保証はもらえないのでしょうか？

愛子番人　今の民法ではそうなっています。

大井番人　それではあまりにもかわいそうです。国の保証制度で救済すべきだと思います。

愛子番人　それは、私も同感です。機会があれば政治家の人に言いましょう。

大井番人　ここに来る政治家の人は、この世で亡くなった政治家なので、心思の政治家に言っても効果はないですね。

愛子番人　それもそうだね。
と言って笑い合いました。

第 13 話

中学教師

心思加藤さゆり：教師

愛子番人　今度の心思は若い女性で、相当落ち込んでいるわ。
　あの世の入り口に来た心思加藤さゆりに、
大井番人　どうされたのですか？
　とやさしく声をかけました。
心思加藤　私がもっとしっかりしていなくてはいけなかったのです。そうすれば自殺なんかしなくて良かったのです。
愛子番人　どうして自殺したの？
心思加藤　私は、子供のころから学校の先生になることを夢に見て、教育大学に進み、昨年、静浜中学校の教員になりました。そして今年から、中学二年の担任の先生になり、教える科目は英語の授業で私の夢が実現したのです。
二年一組の担当で、男二〇人、女二〇人の計四〇人クラスを担当しました。四月は新学期が始まったばかりで順調にスタートしましたが、五月の連休明けに女子生徒の本間久美子に男子生徒の清水慎吾が交際の申し込みをしたが断られたため、清水慎吾は友達三人と本間久美子をいじめ始めました。学校の帰りに、久美子を待ち伏せし、公園に連れて行き、キスを強要したり、スカートをめくったりし、俺たちの言うことに従うように脅しました。

男子生徒四人組が、授業中にヤジをとばしたり、抜け出したり、席から離れ動き回るようになり授業を妨害するようになりました。久美子は、この四人が怖くなり、帰りは友達の杉崎みどりに話をして一緒に帰るようにしたのです。しかし、この四人は、久美子とみどりの二人に対し、学校帰りに待ち伏せして脅しました。ある日、公園で二人の女子生徒がいじめられているところを見た、学年主任の青山先生に、「あなたの受け持ちの生徒が、同じクラスの生徒にいじられている、いじめをやめさせるように指導してください」と言われ、私は、初耳だったので、「すみません。注意します」と言って職員室を出て、本間久美子と杉崎みどりに話を聞きに行きました。

二人は、学校帰りに待ち伏せされ公園につれていかれ、キスの強要や、胸やお尻を触られたということです。これを聞いて、私は、四人を、授業が終わった後教室に残るように指示し、四人と面談しました。四人に聞いたところ、久美子とみどりを公園に誘ったのは認めたが、友達になろうと声をかけただけと言い張った。私から、二人は怖がっているので今後二人には声をかけないようにとこの日は指導しました。しかし、二日後、また女子生徒が公園でいじめられていると職員会議で取りざたされ、私は、指導強化しますと言いました。

その翌日、今度は私が四人組の帰りを待って後をつけ、四人組が一人の女子生徒を脅して公園に着いたところで「やめなさい」と声をかけました。四人組は、先生を見て、「なんだ、先生かよ。この子と友達になろうと声をかけただけだよ」と言いました。私は、「あなたたちの女子生徒いじめは、職員会議でも明らかになっているのよ。これ以上やめなさい」と言い、女子生徒に早く帰りなさいと背中を押した。そうしたら、清水慎吾が、「それじゃあ、先生とお友達になろうよ」といって肩に触ってきた。私は、必死で逃げましたが、追いつかれ、大きな声を出そうとすると口を塞がれ、キスをされ、胸やお尻も触られ、パンツの中まで手を入れられました。しばらくしたら四人は、「今日はこのへんにしておくか」といってその場を立ち去りました。私は、すぐに衣服を正し帰りましたが、帰り道、涙が止まりませんでした。翌日、教室で四人と顔を合わせましたが、目を合わすことすらできませんでした。

その後も、この四人は他のクラスの女子生徒にもいじめを繰り返し、職員会議で私の指導不足だと言われ、四人を厳しく指導するようにと教頭先生から言われました。私はしかたなく、四人をまた授業の終わったあと教室に残るように言い、「なぜあんなひどいいじめをするのか」と話を切り出したが、「俺たちは友達がほしいだけだよ。先生友達になってよ。今日は公園でなくこの教室でお友達ごっこしようよ」と言って、また体をさわりに来ました。私は逃げようとしましたが、四対一ではすぐ捕まり、口を塞がれ叫ぶこともできませんでした。そして、四人に体を触られました。この時、忘れ物を取りに来た男子生徒がいて、このいじめを見ていました。そしてこの生徒は、他の先生にこのことを伝え、職員会議で問題となりました。

この当時、私は二年先輩の同じ中学校の教師の中山壮一さんとお付き合いをしていて、結婚の話も出ていました。職員会議があった日、学校からアパートに帰ってから、中山壮一さんが訪ねてきて、「職員会議での彼らからのいじめはほんとうにあったのか?」と問われ、これまでのいきさつを話しました。中山壮一さんは「何で俺に相談してくれなかったんだ」と言われましたが、私は「彼らに話せばわかると思っていたが、彼らはもう人では無く獣になっていました」そして中山壮一は、「どのようにいじめられたのか」と聞いてきました。私は、思い出すのもいやなので黙ってしまいました。しばらくして中山壮一は「かわいそうに、彼らは男の集団だ、これからは一人では話し合いはしないように、そして元気を出せ」と言って帰りました。

職員会議でのこの議案は、学校中の話題となり、加藤さゆり先生は清水慎吾の四人組に襲われ強姦されたと噂が広がりました。職員会議でも私に対し、さらなる注意、指導がなされました。生徒からは、先生が強姦されたのはほんとうですか？　先生はもっと彼らを厳しく指導しないのですか？　とか、事実を公表して彼らを退学にさせたらどうか。また、生徒の親からは、先生はもっと厳しく彼らを指導してください。とか、私の娘も心配だ、早く何とかしてくださいといろいろなところから言われました。他の教員からも、彼らをもっと厳しく指導してくださいとも言われていました。

この頃の私は、精神状態が正常で無く、結婚を考えていた中山壮一さんに申し訳ないと思うと同時に結婚もできなくなったと思い込んでいました。そして、この精神状態は日を追うごとに悪化し、学校に行くこともできず、自宅で伏せっていましたが、もうこんな人生はいやだと思い、自殺を決意しました。自殺の方法をいろいろ考えましたが、睡眠薬を大量に飲んで手首を切り、出血多量で死ぬのが他の人に迷惑をかけない方法だとして、この方法にしました。そして、遺書を作成し、お母さん、お父さん、中山壮一さんにお礼と別れの挨拶を書きました。そして、自殺を決行し、ここに来ました。

愛子番人　ひどいいじめに遭いたいへんでしたね。四人からのいじめや、職員会議での厳しく指導せよ、などもいじめと同じであなたはつらい思いをしましたね。そして、あなたが強姦されたとの噂は最悪でしたね。しかし、いじめた人はごく一部の人間で、ほとんどの人はかわいそうと同情していました。中でも、本間久美子と杉崎みどりはあなたに感謝していました。では、職員会議のあと最後の授業の日、彼女たちの話し合いの場を見てみましょう。

本間久美子は「加藤さゆり先生は大丈夫かしら、相当落ち込んでいたから心配だわ」杉崎みどりは「そうね、私たちを助けてくれて、そして、私たちの話をしっかり聞いてくれ、自分のことのように心配してくれて感謝しているよ」

愛子番人　また、中山壮一さんも心配していました。あなたがいじめの内容を彼に話してからあなたは彼を避けてしまいましたが、彼は、あなたのことを心配して電話やメールを何回もしています。そしてあなたが亡くなった後。あなたのお母さんにこのように言っています。

「お母さん、たいへんすみませんでした。さゆりさんはたいへんないじめに遭い苦しんでいたのに、相談に乗ってあげられなくて、このようなことになってしまい本当に申し訳ありません」お母さんは「いえいえ、さゆりの相談相手になれなかったのはこの母も同じです。壮一さんにもご迷惑をかけすみませんでした。ありがとうございます」と会話しています。

大井番人　さゆりさん、もうここに来てしまったのでこの世には戻れませんが、周りの人はいじめる人だけではありません、壮一さんや本間久美子さん、杉崎みどりさんを始め多くの人はあなたの優しさに触れて感謝していますよ。あと、清水慎吾の四人組は、その後警察の捜査を受け家庭裁判所に送致され保護観察処分になっています。

心思加藤　そうですか、悪いことをすれば罰せられるのですね。それに悪いことをする人ばかりでなく、支えようとしてくれた人もいたのですね。これで少しは気が晴れました。ありがとうございます。

大井番人　それでは、あの世行き列車に乗ってください。さようなら。

加藤さゆりを見送った後、大井番人に、

愛子番人　どうして男は女性をいじめるのでしょうか？

大井番人　動物として子孫を残す本能は男も女も誰にでもあると思うのです。ただ、普通の人は、時と場所を考え、理性を働かせることができるのです。ただ自分を律せることができなく育てられた人は、今回のように事件を起こすようになるのです。ですから、子供の教育で自我＝わがままをなくす教育をもっと真剣に取り組まなければいけないのです。

愛子番人　確かにそうですが、今、あの世に来てからではどうしようもありません。でも、わがままをなくす教育はどのようにしたらいいのかしら。

大井番人　それは、子供の教育をもっとしっかりと行うことと、家庭だけではなく社会全体で子供を育てることが大切だと思うのです。具体的には、家庭での子供教育は小さい時から良いこととやってはいけないことを区別して、やってはいけないことをしっかり叱る躾が大切だと思います。社会全体で子供を育てるには、他人の子供でも悪いことをしていれば注意するなど、もっと大人が子供に感心を持つようにすることが大切だと思っています。

愛子番人　大井番人は良いことを言いますね。大井番人が学校の先生をやっていれば良い子が多く育ったと思いますね。

大井番人　でも私たちは、ここに来てしまっていて、過去を見ることはできますが、この世に戻ることはできません。今度生まれ変わった時には、政治家になって子供の教育に取り組むことにしましょう。

愛子番人　それはいいですね。大井番人は、文部大臣になって教育改革をしてください。

と言って笑い合いました。

第 14 話

消防隊員

心思梶山光輝：消防隊員

ああ、俺はなんて馬鹿なんだろう、と言ってあの世の入り口に若い男性がたどり着きました。

大井番人　どうされたのですか？　お名前とここに来た理由を教えてください。

心思梶山　はい、名前は梶山光輝です。私は消防士で、アパートの火災現場で幼稚園の園児が飼っていた犬が取り残されていると言われ、助けに向かったのですが、煙に巻かれ命を落としてしまったのです。それでここはどこですか？

大井番人　ここはあの世の入り口です。あなたは、この世に未練がありそうですね。そのわけを話してください。

心思梶山　消防団員の私は高校を卒業して地元の消防署に就職して消防隊員になりました。消防隊員の日常訓練は、次の六項目の訓練を行っています。一つ目は防火衣着装訓練です。これは災害現場にいち早く到着するための訓練です。二つ目は救出訓練です。これは災害により建物に取り残された人をいち早く安全な場所に救出する訓練です。三つ目は、放水訓練です。これは迅速かつ適切に消火活動を行う訓練です。四つ目は、資機材取扱訓練です。これはいろいろな資機材をいつでも安全かつ迅速に使うための訓練です。五つ目は、体力向上訓練です。これは災害現場では強靭な体力とスピードが求められます。六つ目は、救急活動想定訓練です。

これは救急隊員の応急手当の技術を向上するため、様々な災害を想定して行う訓練です。この他にも合同防災訓練や飛行機事故、列車事故などその地域で想定される事故に対する訓練を実施しています。

私は遠州市の消防署に入り消防士となりました。入署後、消防士には資格があることを知り、一〇段階ある資格の五段目の階級の消防司令をめざそうと決意しました。消防士が消防司令になるためには次の段階を踏まなければなりません。消防士になった私は次に目指す資格は消防副士です。その次が消防士長、その次が消防司令補、その次がやっと消防司令になります。消防司令の役割は、人口一〇万人以下の市町村の消防長の役割です。

私は、消防士になってから地元の皆さんと触れ合い、事故の無い、より良い地域になるように努力してきました。その一例として、戸建ての人やアパートに住む家族の方に、積極的に挨拶や何気ない一言をつけて声かけを行いました。また園児や児童と公園で遊び、消防のお兄ちゃんと親しまれていました。職業柄、火の用心には注意するように声かけも行い、老人がいる世帯には特に注意するように心がけました。中でも自宅から消防署に通う道に面した青葉アパートの一階に住む田村老人夫婦とは、よく顔を合わせ、話もするようになりました。話をする中で田村のおばあちゃんから「消防士さん、聞いてよ、最近うちのおじいちゃんの物忘れがひどく、心配だわ。この間も、お昼に、朝の味噌汁を温めるためガスレンジにかけたのだけど、忘れていて、私が買い物から帰ってくるのが遅かったら火事になるところだったのよ」「それはたいへんですね。もう、おじいちゃんにはガスレンジは使わせない方がいいと思うよ」という会話をしていました。

火事があった日は、青葉アパート火災の連絡で消防自動車に乗り火事のアパートに行き、人命救助を優先して活動を行いました。避難した園児がアパートに犬が取り残されていると言ったので、もう一度アパートの三階まで見に行き、そこで意識がなくなり、気がつけばここに来ていました。

火事の原因や人命救助はその後どうなったのでしょうか？

大井番人　それでは、火事の原因から見ていきましょう。

火事の当日、田村のおばあちゃんは、夕飯のおかずを買いにスーパーに出かけて行きました。田村のおじいちゃんは、昼寝から目が覚め、おばあちゃんがまだ家にいると思って、「ガスレンジにやかんをかけるぞ」と言ってレンジにやかんを乗せ火を付けました。その後、おじいちゃんは居間に行きテレビをつけ大きな音量でテレビを見ていました。この日は、五月の爽やかな風が窓から入り込む日で、レンジのそばの窓も少し開いていました。このアパートは窓とレンジ台の間に約二〇センチメートルの棚があり、その上に置いてあった乾いた布巾が風で飛ばされ、やかんにあたりそしてその下に落ちて布巾に火がつきました。この時おじいちゃんはテレビに夢中で、火がついたことに気がついていません。

おじいちゃんが火事だと気がついたのは、室内が煙たくなってきて、異変に気づき、すぐにキッチンに行きましたが、この時には火は天井にまで燃え広がっていて消火活動はできませんでした。おじいちゃんは、これはたいへんだと思い、へそくりの現金や預金通帳、印鑑を持ってアパートから脱出しています。

この火事については、二階の住人が焦げ臭いと思い、窓から一階を覗いたら火の手が見えたので急いで一階に降りアパートを脱出し、消防署にスマホで連絡しております。

この火事を知った数人が消火器を持って駆けつけ、初期消火活動を行いましたが、鎮火には至りませんでした。その後、火の手は一階キッチンから居間に伝わっていきました。

一方、このアパートは三階建で逃げ遅れがないように数人の方が声かけを行いました。火は勢いよく一階から二階に移っていきました。その頃、消防車が駆けつけ消防署の消火活動が始まりました。

心思梶山　ここから私が救命活動をしたのです。

愛子番人　あなたは、まず、人命救助に動いたのですね。あなたの行動を中心に続きを見ていきましょう。

心思梶山　はい、私は最初に着いた消防車に乗り、現場に駆けつけ、まず人命救助が優先で、アパートに取り残された人がいないか確認に行きました。階段で二階に上がったところで三階から降りてくるお母さんと子供二人と会い、一階に誘導しました。そして、三階に行き四部屋に人が取り残されていないか確認して回り、その後アパートを脱出しました。

脱出した後、火元はあの田村の老夫婦の部屋だと思い、無事かどうか確認し、二人とも顔を見ることができたため安心しました。そこに、いつも公園で会う園児が、「消防のお兄ちゃん、僕のおうちにいる犬のケン太がまだお部屋にいるので助けて」と声をかけてきた。私はこれはたいへんだと思い、「お部屋は何号室なの」と聞き「三階の三号室だよ」と言われたので、私は、ケン太を助けるため燃えているアパートに行きました。その時、同僚の消防士が「梶山、どこに行くのか、もう遅い、引き返せ」の声が聞こえたが、三階の三号室に急ぎました。

この時、火の手はすでに三階まで達していて、廊下は煙で覆われていました。急いで三階の三号室に入ったけど、もうここもあちらこちらで火の手があがっていました。私はとにかく犬を探して助け出そうと探し回ったが見つかりませんでした。諦めて戻ろうとした時、火の勢いに押され、そのうちに煙に巻かれ意識を失いそうになり床に倒れました。

そして、ここに来たのです。

大井番人　あなたが倒れた時の現場を見てみましょう。

確かに三階の三号室には、もう火が来ていましたね。あっ、あなたが探し回ってケン太を探していますが、見つからなくて、階段の方に行こうとしたら、階段の下から上に火の手が舞い上がってきて階段から降りられなくなっています。そしてあなたは、もう一度三号室に戻りましたが、そこで煙に巻かれ床に倒れ込んでいます。その倒れた先に、ケン太と書かれた名札をつるした犬のぬいぐるみがありますよ。

心思梶山　あっ、本当ですね。犬のケン太というのはぬいぐるみだったのですね。

愛子番人　あなたにはもう少し慎重な行動をとる必要がありましたね。園児からケン太を助けてと言われた時、お母さんに確認していれば、ケン太はぬいぐるみだからまた買えばいいよ、と言ってくれたはずです。

大井番人　でも、消防士として火災から命を守ろうとするあなたの取組み姿勢は素晴らしいと思いますよ。ただ、もう少し慎重に行動されたらあなたはここに来ていないと思います。人命救助はスピードも大切だが、危険な場所でもあり冷静な判断も大切です。

心思梶山　そうですね。わかりました。

愛子番人　あなたはその他には未練はありませんか？　例えば家族とかです。

心思梶山　あります。私はここに来る一年前に、結婚して、一週間前に妻が妊娠していることがわかったのです。ですので、こんなに早く妻をひとりにしてしまい、子供の顔を見る前にここに来てしまったことが残念です。

愛子番人　そうだったのね。若い奥さんでこれから出産するのはたいへんですね。

心思梶山　そうなんです。ですから妻のことが心配でしかたがありません。

大井番人　奥様には若くしてあなたが亡くなったこと、ショックだったと思います。しかし、これが現実ですので受け入れてもらうしかないのですが、今回あなたは、消防士として活動中の死亡で殉職です。何か保険金や保証があるのではないですか？

心思梶山　私は、お金には疎く、その関係はまったくわかりません。

大井番人　それでは、その後の奥様について見てみましょう。あなたが亡くなられて一週間後に消防署に行っていますね。消防署の総務係長から説明を受けていますね。殉職者特別賞じゅつ金が三千万円もらえることの説明を受けていますよ。また、消防協会の消防団体保険にも加入していたのでこの保険ももらえ、遺族年金ももらえることの説明を受けています。

大井番人　当面、お金の心配はいらないようですね。でも、お金よりも奥さんの精神面が心配ですね。

愛子番人　あなたのお住まいは、実家の離れを使っていたのですね。あなたのお母さんが、奥さんに、なんでも相談してねと声をかけフォローしていますよ。あっ、奥さんのお母さんも心配で来ていますよ。そこで奥さんは「ママ、私大丈夫だから、この子を産んで、光輝さんの生まれ変わりだと思って一生懸命育てるわ、ありがとう」と言っていますよ。

心思梶山　ああ、良かったです。妻は妊娠していたので、私のせいで体調を崩したらたいへんだと思っていましたが、立ち直れそうで良かったです。安心しました。

大井番人　それでは、あの世行きの列車に乗ってください。さようなら。

心思梶山光輝を送り出した後、

愛子番人　火事で燃えているアパートに飛び込んでいって梶原が戻ってこないことを知ったその場にいた人たちはどのように感じていたのかしら。

大井番人　じゃあ、梶山光輝がアパートに飛び込んだあとを見てみましょう。

園児のお母さんは、「颯太、颯太はどこ」とはぐれてしまった園児西森颯太を探しています。そして、一〇人くらいの集団がアパートを見て、「大丈夫かしら?」「ケン太が戻ってくるといいね」と園児に話しかけている人もいます。

西森颯太のお母さんは、やっと颯太と出会えました。「颯太、お母さんから離れてはいけませんよ」と言ったところ、近くにいた男性が、「あなたがこのお子さんのお母さんですか?」「はいそうですが、どうしましたか」「この子が犬のケン太がまだお部屋にいるので助けてと消防士に言ったところ、その消防士は、燃えさかっているアパートに犬のケン太を助けに行ったのですが、なかなか戻ってこないのです」

颯太のお母さんは、「ええ、犬のケン太はぬいぐるみです。また買えばいいので助ける必要はないです」

それを聞いた、近くの人は「ええぇ、ぬいぐるみなの」と颯太に確認しました。颯太は「うん」とうなずきました。

颯太のお母さんは、「それはたいへんだ。つれ戻さなくては」とアパートに向かい始めましたが、消防団員がそれを止めました。

そして、火事は鎮火し、梶山光輝は戻ってきませんでした。

アパートの火災現場からは一人の焼死体が発見され、警察が捜査を開始しました。

西森颯太のお母さんは、警察で事情聴取を受けましたが、「子供が犬のケン太を助けてください」と言ったため、亡くなった消防隊員は火の手が上がっているアパートに突入しました。しかし、犬のケン太はぬいぐるみだったのです」と打ち明けました。

警察からは、「不幸な出来事で、あなたのご家族も家は無くなるし、子供の発言で消防士が亡くなるしでたいへんだと思いますが、今回の事故では、お子さんをもっとよく見ていてください」と言われ警察を出ています。

愛子番人　亡くなった梶山光輝も残念ですが、西森颯太のご家族も重い荷物を背負ったようでたいへんですね。

大井番人　今回の事故は、不幸な出来事でしたが、西森颯太のご家族は、前を向いて生きていってもらいたいと願うばかりです。

愛子番人　そうですね。人命救助はスピードも大切だが、冷静な判断も大切ね。お互い気をつけましょうね。

第 15 話

冤罪

心思春田正：電子部品製造会社社員

愛子番人　今度来る心思は獄中で亡くなった人が来るそうよ。
大井番人　あの心思がそうですね。病気で亡くなったので元気がありませんね。
愛子番人　お疲れ様です。心思春田正さんですね。
　とやさしく声をかけました。心思はか細い声で、
心思春田　はい、そうです。
愛子番人　どうされたのですか？
心思春田　二〇年も監獄に入れられ、肺がんで死亡し、ここに来ました。
大井番人　どうして監獄に入れられたのか、その当時に遡って見てみましょう。
ここは、二〇年前の六月三日、あなたの勤務先の高遠精密株式会社です。
あそこにあなたがいますね。この会社に入った経緯など教えてください。
心思春田　はい、私は、青空高校を出て、この会社に入り、この時は入社六年目です。
大井番人　電子部品の製造を行っているのですね。
心思春田　はい、この会社はデータセンターのサーバーの部品を製造している会社で、社員は二百人の会社です。私は、この会社を立ち上げた先代の岩谷彰社長に見初められて社長と共にサーバー部品の軽量化に取組みました。その成果が出て、従来のサーバー重量を三分の一に軽量化し、会社の業績に貢献しました。

しかし、一緒に取り組んだ岩谷彰社長が脳梗塞で倒れ病院に搬送され、その病院で亡くなってしまったのです。会社はその後、社長の弟の岩谷清常務と彰社長の長男の岩谷孝一郎が社長の座を巡って対立を強め、結果的には前社長の株を相続した孝一郎が社長に就任しました。孝一郎は、先代社長の経営方針をがらりと変え、清常務の権限をほとんど剥奪しました。また、孝一郎はまだ二五歳と若く、仕事は午前中にやらなくてはいけないことだけをやって、夕方は、学生時代の友達と飲み歩いていました。

私が「開発した新しいサーバー部品について説明をしたいのですが」と言っても、孝一郎は先代社長と一緒に開発に取り組んだ私を妬んでいたので、話はろくに聞かないで、「もっと斬新な製品開発はできないのか、何をやっているのか、給料泥棒」といじめてきました。このいじめは、他の社員の前でも大きな声で「おまえ何をやっている、おまえなんかやめちまえ」とエスカレートしていきました。

孝一郎は、大学時代の友達の川上由美と結婚し、子供が一人いましたが、社長になってから交際費を使って、友達と毎晩飲み明かしていました。

新社長就任から一年たった先代社長の一周期に社長の自宅を訪問し、仏壇に線香を上げに行きました。この時、新社長の奥さんと話をし、奥さんから、最近社長の夫が外に女を作り、その女を連れて飲み歩いている、との話を聞きました。私は、会社で新社長が先代社長のやり方を一変させて、清常務や私の話を聞こうとしなくなったことや、会社の業績が落ち込んで来ていることを伝えました。そしたら、由美さんから「春田さん、お願いがあります。私のこの家庭も、会社もこのままでは破滅してしまいます。孝一郎さんを改心させるように説得してくださ い」と言われ、私は「新社長にはきらわれていますので話を聞いてくれるか疑問ですが説得してみます」と言って社長の家を出ました。

その日の午後、私は社長室に行き、孝一郎社長に、「社長、冷静に話を聞いてください。社長は、先代社長の方針をがらりと変え新たな方針で経営を行ってきましたが、この方針は間違っていると思います。事実、業績は月を追って悪化していま す。先代社長の方針に戻して、清常務の活躍の場をもっと広げるべきです。それに、個人的な飲み食いのお金を会社の接待費で落とすのはやめてくださ い。女性を連れ回して飲み回っているとの噂が広まっています。これもやめてください」と言いました。孝一郎は「話はそれだけか……　ばかやろう！　おまえは何様だと思っているんだ。一ひら社員になんでそこまで俺は言われなければならないのだ、おまえなんかクビだ。さっさと出て行け」と大きな声で怒鳴りました。この話し合いの内容は、隣の部屋にいた清常務がしっかりと聞いていて、事務室にいた多くの社員も、社長が私に怒鳴っているのを聞いていました。

その夜です。私は、親しい友人の山立翔清など同僚三人から飲みに誘われ、居酒屋に行き、今日の社長からの怒鳴られた話をつまみにして飲み会は大いに盛り上がり、同僚からは、おまえは悪くない、よく言った、あの社長じゃ長く持たないなどの話が出ました。飲み会が終わった後、この日は金曜日だったので、清常務から頼まれていた開発品のデータ分析を土日に自宅でやろうと、二二時頃USBメモリを取りに会社に行きました。事務室の自分の席の引き出しからUSBメモリを取り、帰ろうとした時、社長室から物音がしたので、近づくとドアの下のすき間から光がほんの少し出ていて、社長室に誰かいる気配がしました。そして、ドアをノックして「社長、失礼します」と言ってドアを開け、中に入ったところ、社長が胸にナイフを刺され倒れていました。私は、とっさに社長のそばに駆け寄り声をかけました。意識はもうありませんでしたが、その時にはまだ息をしていました。私は、すぐに自分の席に戻り、警察と消防署に連絡しました。救急車と警察がすぐに駆けつけましたが、その時には社長はすでに死亡していたため、救急隊は引き上げていきました。警察は、第一発見者である私から事情を聞き、現場検証、指紋採取などを行い徹夜で会社内を捜索していました。私は、社長の奥さん、清常務、人事、総務担当などに連絡して引き上げました。

翌朝、会社に行くと、社員が数カ所に集まり、社長が亡くなった話をしていました。その後、警察の事情聴取が始まり、一一時過ぎに、警察は私の事情聴取に入りました。警察からは「あなたは、社長に怒鳴られ、パワハラを受けていたと何人かの社員から聞きました。そのことを恨んで社長を殺害したのではないのですか?」と聞いてきました。私は「この日は金曜日だったので、土日で清常務から依頼された仕事をやろうとして、二二時頃、会社にUSBメモリを取りに来たら社長が胸をナイフで刺されていたのを発見し、警察と消防署に連絡しただけだ」と言い続けました。警察は「この日の防犯カメラを見ると、夕方一八時以降に会社に入った者はあなたしかいません。犯人はあなたですね」と言われ、警察に連行されました。

私は警察では「やっていません。私が社長室に入った時、すでに社長の胸にはナイフが刺さっていました」と言い続けました。その後、検察の取り調べも同じように、防犯カメラに私以外の人が写っていないことと、その日の日中に社長から怒鳴られたことに腹を立てた犯行と決めつけていました。そして裁判では禁錮三

○年の判決が出て監獄に入れられ、二〇年が経過した時、肺がんで亡くなり、ここに来ました。

大井番人　なるほど、では、あなたが社長室に入って、社長の胸にナイフが刺さっているところを発見した時を見てみましょう。

あなたは事務室でＵＳＢメモリを取出したところです。そして社長室から物音が聞こえたのですね。あっ、確かにドアが閉まる音がしましたね。

それであなたは、社長室に行ったのですね。

心思春田　はいそうです。そしてドアを開けて入ったら社長が床に倒れ胸にナイフが刺さっていました。

大井番人　確かに、あなたが社長室に入った時には、社長の胸にナイフは刺さっていますね。ということは、あなたが犯人ではないということです。

心思春田　ですから、私はやっていないとずっと言い続けてるじゃないですか。

大井番人　確かに、これは冤罪ですね。じゃあ、真犯人は誰か見てみましょう。このドアが閉まる音を聞いた時、あなたは事務室に人がいる気配は感じませんでしたか？

心思春田　はい、感じませんでした。

大井番人　社長室に入ってみましょう。

社長室は二階でその出入り口は、事務所側と常務室と二つありますね。

では、もう少し時を戻して見ましょう。一五時頃の社長室です。

常務が社長に話をしています。「社長、今日は落ち着いて話を聞いてください。先代社長が進めていた、アメリカのマイクロシャフト社との契約で、先方の開発部長が今日本に来ていて、明日、アメリカに帰るそうですが、当社のことを思い出し、先ほど、今日の二二時にうちの会社に来てくれるので社長と会えないかとの申し出がありました。これは、絶好のいい機会ですのでお会いしてください」といい、社長は、「わかりました」と伝えています。

一七時頃の社長室です。社長はよく飲みに行くスナックの小ママの明海に「今日は会社で二二時に人に会うことにしているので二三時頃に行くよ」と電話しています。隣の常務室でこの会話を常務が聞いています。そして、常務はいったん会社から帰宅しています。

二二時の社長室です。社長室で、常務と社長が話しています。社長が「まだ、マイクロシャフトの人は来ないのか」

愛子番人　あれえ、帰ったはずの常務が社長室にいます。防犯カメラに一八時以降会社に来た人はいなかったと警察も言っていましたよね。どうしてここにいるのかしら。

大井番人　ああっ、常務が社長の胸にナイフを突き刺しています。そして、すぐに常務の部屋に戻り、入ってきた窓からアルミの梯子を伝って下に降り、そのアルミの梯子を倉庫に戻していますよ。

愛子番人　窓から入ったので防犯カメラに写っていなかったのですね。警察や検事は間違ってあなたを逮捕したのですね。

心思春田　だから言ってるじゃないですか。

大井番人　でもこの冤罪事件は、獄中の犯罪者死亡で終結となりますね。ひどい話です。

愛子番人　これはひどいですね。あなたが悔いても仕方ありませんね。大井番人、この方はこのままあの世行きの列車に乗せますか？

大井番人　今となっては、この世で冤罪を晴らすことができません。しかし、結果的に良かったこともあるのです。その一つは、常務が社長になり会社の業績が立ち直ったことです。そして社長の奥さんは株を引き継ぎ、会長に就任し、会社にも顔を出すようになりました。夫がいない家庭ではありますが、親子二人はお金に苦しまなくて悠々自適に生活をしています。そして、その子供が、二五歳の時、この会社の社長に就任されています。

心思春田　それは良かったです。でも、私の冤罪は晴れないです。

大井番人　その後の真犯人の岩谷清は、常務から社長になり、会社を立ち直らせて、社長の奥さんを会長にさせました。しかし、あなたが獄中で亡くなったと聞いた時、あなたの親しい友人である山立翔清は、話があると言って岩谷清と話をしています。山立翔清は「春田正は殺人を犯すような人ではありません。前社長の殺害の真犯人はあなたですね」と言って来ました。

岩谷清は「いや、あの事件は警察が春田正が犯人だと逮捕したのではないか」山立翔清は「あれは、警察が防犯カメラや殺害動機から、初めから春田正が犯人と決めつけて捜査をしたまでで、私は、あなたが、アルミの梯子から降りてくるのを見ていましたよ」と、はったりを言いました。岩谷清は少し黙ってしまったが「でも私にはアリバイがある」

山立翔清は、「そのアリバイは、社長の奥さんが証明されたものでしょう。あなたはあの日一七時過ぎに会社を出て帰り、駅前の居酒屋に会社の部下二名と行ったのですね。そして、二〇時頃に社長の自宅に行き、前社長の位牌に線香を上げるといって上がり込み、社長の奥さんに社長殺害の話をしたのですね。そして二二時に帰ったことにしたのですね」

岩谷清は「なんでそんなことおまえが知っているのだ」

山立翔清は「ただの想像ですよ。やはり真犯人はあなたですね。でも、私は今更、あなたを殺人犯として警察に連絡するつもりはありません。というのも、前孝一郎社長がいなくなることがこの世の中にとって良いことだと思っているからです。会社の業績も社長家族のことも、社長が亡くなって丸く収まるからです。ただ、私は心友の春田正がかわいそうなだけです。そこで、明日、春田正の墓に花を添えてお詫びに行ってほしいのです」
岩谷清は、「わかった」と言い、翌日、春田正の墓に花を添え、「春田君、ごめんなさい。真犯人は私です。今謝っても君には届かないが、本当にすまなかった。あの時は、社長を殺害するしか、会社や社長の家族を守ることができなかったのだ。君が逮捕された時、犯人は私ですと言えば良かったのに。社長を殺害した理由を、この会社を守るためなのだと自分に言い聞かせ、会社の建て直しに全力で立ち向かったのです。君には本当にすまなかった」と謝りました。

心思春田　これを聞いて少しは気持ちが楽になりました。このままここにいたら餓鬼の世界を漂うことになると聞きましたので、これであの世行きの列車に乗せてください。

愛子番人　わかりました。ではこの列車に乗ってください。さようなら。
と送り出しました。

大井番人　冤罪はまだあるのですね。犯罪の立証と無罪の証明の難しさがわかる事件でしたね。警察も私たちと同じように、過去や未来を見れることができればいいのにね。

愛子番人　それは無理な話よ。
と二人は笑い合った。

エピローグ

心思親王からのご褒美

心思大井大介番人は、これまであの世の入り口に来た心思を優しく迎え入れ、悔いを晴らしてあの世行きの列車に乗せてきました。その努力に報いるため、心思親王は心思大介に一度だけこの世の出来事を変えることができる能力を授けることにし、心思大井大介に伝え、いつ、どの出来事を変えるかを聞きました。

心思大井大介は、「遠征試合に行く途中でおきた交通事故の場面に行き、その交通事故を回避したいと思います」と言いました。そしてその後、「これは私だけですか？　心思菅原愛子もお願いします」と言いました。

心思親王から、「あなたのように一生懸命取り組んでくれれば、心思菅原愛子もそのうちご褒美をもらえるようになりますよ」と言われ、心思大井大介は自分のことに集中しました。

では、その場面に行きましょう。

心思親王　大井大介のこの世では高校、大学とラクビー部に所属し、大学卒業後もラクビーが盛んなトミタ自動車に就職して、仕事をしながらラクビーを行い、試合にも参加し活躍していたのですね。そして、花園球場で行われるトップリーグの大会に出場するためバスで向かったのですね。

大井番人　はい、あの時は高速に乗ってすぐに眠ってしまったのです。

心思親王　そしてその高速道路で、バスは三車線の真ん中を走行していました。追い越し車線にいた前の車がバーストを起こし、追い越し車線から真ん中の車線に入り込み、バスはそれを避けようとして左にハンドルを切り、その後左側のガードレールに接触して、今度は右の方に振れたところで後続のトラックがバスの真ん中から後方にかけて追突。あなたは、進行方向右側の後ろから三番目の席にいて、追突をまともに受け、頭や内臓を強打し病院に救急搬送されて、全身打撲でショック死と判断されて亡くなったのですね。

大井番人　そうみたいですね。

心思親王　それでは、追い越し車線にいた前の車のバーストが起こらない時点に戻しましょう。

大井番人　ありがとうございます。

それからすぐに半透明の幽体である心思大井大介は消えました。

バスで眠っていた大井大介は、高速自動車道から一般道に入るところで目がさめ、花園球場に入っていきました。

心思親王　この日は、あなたの活躍でトップリーグの試合に勝ち、ＭＶＰを取られたのですね。その後、トミタ自動車で本業でも活躍され、執行役員になるまで成功されたのですね。家庭は二七歳で結婚され、二人のお子さんに恵まれ、幸せな生活を送っています。
もう、あの事故のことや、心思になったこともなかったように。

心思回想

2025年3月18日　第1刷発行

著　者　笹川俊之《ささがわとしゆき》

発行者　太田宏司郎
発行所　株式会社パレード
　大阪本社　〒530-0021　大阪府大阪市北区浮田1-1-8
　　　　　　TEL 06-6485-0766　FAX 06-6485-0767
　東京支社　〒151-0051　東京都渋谷区千駄ヶ谷2-10-7
　　　　　　TEL 03-5413-3285　FAX 03-5413-3286
　https://books.parade.co.jp
発売元　株式会社星雲社（共同出版社・流通責任出版社）
　　　　　　〒112-0005　東京都文京区水道1-3-30
　　　　　　TEL 03-3868-3275　FAX 03-3868-6588
装　幀　河野あきみ（PARADE Inc.）
印刷所　創栄図書印刷株式会社

ISBN 978-4-434-35094-8　C0093